INK INSPIRED - TATTOOS UND INSPIRATION

Eine Montgomery Ink Novelle

CARRIE ANN RYAN

Ink Inspired - Tattoos und Inspiration
EINE MONTGOMERY INK NOVELLE

von Carrie Ann Ryan

eBook:
978-1-63695-401-1

Taschenbuch:
978-1-63695-107-2

Besuchen Sie Carrie Ann im Netz!
carrieannryan.com/country/germany/
www.facebook.com/CarrieAnnRyandeutsch/
twitter.com/CarrieAnnRyan
www.instagram.com/carrieannryanauthor/

Ink Inspired - Tattoos und Inspiration

In dem Moment, als Shea Little, sein Studio betritt, weiß Shep Montgomery, dass er alles tun wird, um ihr Herz zu gewinnen… und sie ins Bett zu kriegen.

Schade nur, dass sie einen eisigen Schutzwall um sich errichtet hat, durch den kein Mann hindurchkommt. Shea hat ihre Gründe dafür, und sie erzählt niemandem davon, nicht einmal dem Mann, bei dem ihr die Beine weich werden – etwas, das ihr nie zuvor passiert ist.

Eine Berührung kann alles verändern.

Für diese zwei ist das erst der Anfang.

Kapitel 1

„KANNST DU IHRE TITTEN GRÖßER MACHEN?"

Shepard Montgomery zog eine Augenbraue hoch, sagte aber nichts. Im Moment konnte er sowieso nichts sagen, ohne dabei laut zu lachen.

Oder dem Typen einfach eine reinzuhauen.

„Echt jetzt. Ich will, dass ihre Titten gigantisch sind. Viel größer als die von Justin."

Shep zwinkerte verwirrt.

„Justins Titten?", fragte er gedehnt. Er klang unwirsch. Im Ernst, dieser Bengel würde ihn noch umbringen.

Sein Kunde schnaubte laut auf. „Na, du weißt schon, was ich meine. Justin. Mein Kumpel. Die Mieze, die er auf seinem Rücken tätowiert hat, hat große Titten. Ich will, dass meine größere hat."

Shep schloss seine Augen und versuchte zu überlegen, wie er dieser Jungfrau schonend beibringen könnte, dass er ihm keine Frau mit großer Oberweite tätowieren wollte, nur weil der Kerl seinen Bundesbruder übertrumpfen wollte. Und der andere Typ war definitiv ein Typ aus einer Studentenverbindung. Diese zwei Grünschnäbel waren die wohl ignorantesten Uni-Ärsche, die je dieses Studio betreten hatten. Sie verlangten, dass Shep ihnen allen möglichen Scheiß tätowierte, der ihnen in den Kopf kam. Justin hatte er zwar nicht tätowiert, aber egal...

Ihnen war es völlig egal, dass sie möglicherweise den Rest ihres Lebens mit einem schlechten Tattoo verbringen müssten – nicht, dass Shep schlechte Tätowierungen stach –, sondern weil sie einfach nur verdammte Idioten waren.

Er sollte diesem Arsch einfach sagen, dass er sich verpissen sollte, aber das hier war sein Job. Wahrscheinlich sollte er nicht ganz so ehrlich sein.

Oder halt... Eigentlich war es ihm egal, was dieser Kerl von ihm dachte.

Es war ja nicht so, dass er danach bestrebt war, den besten Kundendienst der gesamten Branche anzubieten.

Ganz im Gegenteil, es war ihm scheißegal.

„Ne, Kleiner, ich werde dir keine Frau mit großen Brüsten stechen, nur weil du vor deinem Kumpel groß dastehen willst."

Die Augen des Bengels wurden groß und rund. Dann verengten sie sich auf diese nervige „Mein-Papi-ist-reich"-Weise.

„Hey, ich zahle dafür und dann machst du das, Mann. Ich weiß nicht, was da verdammt nochmal das Problem ist. Ich will einfach nur ein Weib auf meinen Rücken, das große Titten hat. Größere Titten als Justins Schlampe."

Shep legte langsam den Stift ab, mit dem er sich Notizen gemacht hatte, und rutschte mit seinem Stuhl nach hinten. Durch seine fast zwei Meter Größe war das nicht gerade einfach, aber im Moment war ihm das egal.

„Okay, Kumpel, ich erzähle dir mal, wie's laufen wird: Hier wirst du kein Tattoo bekommen. Nicht jetzt. Vielleicht nie. Du glaubst, dass dein Geld dir das Recht gibt, ins beste Studio von New Orleans hineinzuspazieren und uns herumzukommandieren, als ob dir der Laden gehört?"

„Es ist dein Job", spuckte der kleine Schnösel aus.

„Nein. Mein Job ist es, eine Oberfläche mit Kunst zu versehen. Und rein zufällig handelt es sich bei dieser Oberfläche um Haut. Aber heute? Verdammt nochmal, nein. Nicht auf dir. Du kannst gern wiederkommen, wenn du eine verdammte Vorstellung davon hast, welches Tattoo du haben willst, aber im Moment? Vergiss es, Kleiner. Du willst das Gesicht einer Fremden, irgendwelchen Allerweltsmist auf deinem Rücken? Wenn es wenigstens ein sexy Old-School-Pin-Up wäre… Nein, so läuft das hier nicht. Du willst größere Titten an der Frau, weil du deinen Kumpel übertreffen willst? Mann, wenn du nicht den größeren Schwanz hast, dann wird dir das Tattoo auch nichts bringen."

Der Bengel blinzelte überrascht. Seine Wangen waren entweder vor Wut oder vor Scham – wahrscheinlich beidem – feuerrot gefärbt und er wirkte dadurch sogar noch jünger als neunzehn.

„Du solltest dir ein Tattoo aussuchen, das dir etwas bedeutet. Oder wenigstens etwas, das nicht total lächerlich ist. Du kannst hier nicht hereinkommen, mit deinem Schwanz wedeln und mich herumkommandieren."

„Hey!"

„Oh, und noch was: Wenn du jemals, *jemals* wieder eine Frau – egal, welche Frau – eine Schlampe nennst, dann schlage ich dir dein blödes

Grinsen aus der verdammten Visage. Sieh zu, dass du hier weg kommst. Ich bin fertig mit dir."

„Fick dich! Ich werde mir mein Tattoo in einem Laden stechen lassen, wo Kunden anständig behandelt werden. Nicht von so einem abgewrackten Möchtegern-Künstler, der von nichts 'ne Ahnung hat."

Der Junge stürmte hinaus und alle Augen im Studio blickten ihm nach.

Shep schloss seine eigenen und betete um innere Ruhe.

Verdammt.

Er war achtunddreißig Jahre alt und soweit war es nun mit ihm gekommen.

Schleimige Uni-Idioten, die große Titten wollten.

Großartig.

„Alle Achtung, Mensch. Warum trittst du nächstes Mal nicht einfach 'nen Welpen? Das wäre einfacher", flötete Sassy, die Rezeptionistin von Midnight Ink und eine ganz allgemein sehr durchgeknallte Person, als sie an ihm vorbeilief.

„Halt bitte die Klappe, Sass. Ich habe keinen Nerv dafür."

„Das hast du schon seit geraumer Weile nicht mehr, mein Lieber. Das ist ja das Problem. Obwohl ich, ehrlich gesagt, keine Ahnung habe, warum du diesen kleinen Arsch überhaupt für ein Beratungsgespräch angenommen hast. Dem hat man doch sofort angesehen, dass er das nicht durchziehen würde."

Es gab recht oft Leute, die behaupteten, dass sie nur schnell Geld abheben mussten, oder die irgendeine andere dumme Ausrede vorbrachten. Sie behaupteten, sie wären gleich wieder da und verdrückten sich stattdessen.

Ja, der Junge machte so einen Eindruck. Wenn er allerdings seine Freunde beeindrucken wollte, dann hätte er es vielleicht durchgezogen.

„Sass, muss das sein? Nicht jetzt", grummelte er, als er seine Arbeitsstation saubermachte. Er hatte heute Morgen noch keinen Kunden gehabt, aber er wollte nicht, dass von diesem Kerl auch nur irgendeine Spur an seinem Arbeitsplatz zurückblieb.

„Du hättest ihn Caliph überlassen sollen", sagte Sass mit einem nervtötend breiten Grinsen.

In Midnight Ink, ihrem Studio direkt auf der Canal Street, arbeiteten mehrere Künstler in Schichten. Sie mussten nicht jeden Tag auftauchen – nur wenn sie bezahlt werden wollten. Da jeder, der dort arbeitete, Geld brauchte, um allen möglichen Mist zu bezahlen, kamen sie auch alle. Die meisten arbeiteten mit Laufkundschaft zusätzlich zu den Kunden, die Termine gebucht hatten. Und einige wenige nahmen nur Kunden an, die sie persönlich von der Warteliste ausgewählt hatten. Diese Kerle stachen auch nur Tätowierungen, die bestimmte Elemente enthielten, weil sie die absolut Besten in ihrem Bereich waren.

Shep machte ein bisschen von allem und spezialisierte sich nicht zu sehr, auch wenn seine Schattierungen verdammt beeindruckend waren. Sein bester Freund, Caliph, hielt es genauso.

Shep hätte eins seiner Eier dafür gegeben, um dabei zuzusehen, wie dieser Koloss von einem besten Freund dieses Uni-Bürschlein in die Mangel genommen hätte.

„Was höre ich da? Ich hätte einen kleinen Arsch bedienen sollen?", fragte Caliph, als er durch den Raum auf seine Arbeitsstation zustampfte.

Shep war groß. Caliph war größer.

Und furchteinflößender.

„Hatte den perfekten Bengel für dich", brüllte Shep durch den Laden und ein paar Kunden drehten sich zu ihm. „Wollte genauso große Titten wie sein Bundesbruder."

Caliph schnaubte laut auf und zeigt ihm den Mittelfinger. „Fick dich, Shep."

Ah, auch nach zehn Jahren Freundschaft hatte ihre Liebe noch nicht an Glanz verloren.

Shep schüttelte den Kopf und deutete Sassy und Caliph mit einem Kopfnicken an, dass er sich einen Kaffee holen wollte. Zwar braute Sassy den besten Kaffee, aber er wollte dort nicht zu lange herumsitzen. Er brauchte Freiraum.

Schon wieder.

Er musste nachdenken und die schwüle Luft von New Orleans half ihm dabei immer auf die Sprünge. Klar, es war zwar nicht die saubere, frische Luft der Rocky Mountains, wo er aufgewachsen war, aber er mochte das. Seine Familie – alle lebten noch in der Nähe von Denver – hielt ihn für komplett bescheuert, dass er hinunter nach New Orleans gezogen war, um einen Laden aufzumachen, oder wenigstens einen zu finden, zu dem er passte, aber er liebte es hier.

Oder zumindest war es mal so gewesen.

Verdammt, er musste sich einen Tritt in den Hintern verpassen und herausfinden, was eigentlich sein Problem war. Er war achtunddreißig, kein Grünschnabel mehr, aber auch nicht kurz davor, den Löffel abzugeben. Vielleicht brauchte er einen Tapetenwechsel.

Aber er hatte keine Ahnung, welche Art von Tapetenwechsel.

Auf seinem Weg zum Café bog Shep um eine Ecke und fluchte dann leicht, als ein kleines Ding direkt in ihn hineinrammte.

Er zog den Atem ein, als sie zu ihm hochblickte – sehr weit hoch.

Scheiße, ihre Augen waren etwas ganz besonderes. Ein Hellblau, das fast aussah, als ob ein Kristall in sonnenbeschienenem Wasser lag.

Das mussten verdammte Kontaktlinsen sein. Unmöglich, dass diese Augen echt waren.

„Es tut mir so leid. Ich habe nicht auf den Weg geachtet. Entschuldigen Sie." Nachdem die kleine Blondine ihre Entschuldigung gemurmelt hatte, lief sie um ihn herum und schlug die andere Richtung ein.

Shep zwinkerte.

Was zum Teufel? Das war seltsam. Er hatte nicht mal Gelegenheit gehabt, irgendetwas zu sagen. Etwas wie „verdammt sexy Augen" oder so, damit sie ihm vielleicht erlaubt hätte, sie auf einen Kaffee einzuladen.

Shep schüttelte den Kopf. Mist, er brauchte wirklich einen Kaffee. Auf lange Sicht brauchte er sowieso keine Frau mit riesigen Augen, die wahrscheinlich dachte, dass er mit seinen Sleeves und der Narbe an der Augenbraue – ganz zu schweigen von den anderen Piercings und Tattoos, die nicht zu sehen waren – wie ein ehemaliger Gangster aussah

Nein, sowas brauchte er echt nicht.

Was brauchte er dann? Hm, genau da lag das Problem.

Er wusste es nicht.

Er bestellte sich einen Kaffee und das Mädel klimperte ihn mit ihren Wimpern an. Shep unterdrückte ein Stöhnen, und zwar kein wohliges. Sie musste Anfang Zwanzig sein, wenn überhaupt. Auf keinen Fall würde Shep diese Grenze überschreiten, ganz egal, ob sie verdammt heiß aussah. Was der Fall war.

Er ging zu einem der Tische, die vor dem Café standen und setzte sich mit seiner Tasse hin. Er war noch nicht bereit, wieder zurück zur Arbeit zu gehen. Scheiße. Wenn er dachte, dass irgendeine Zwanzigjährige heiß aussah, dann brauchte er vielleicht einfach nur Sex. Vielleicht war das die Antwort auf all seine Probleme. Aber möglicherweise war sogar eine lange Nacht voll wildem Sex nicht genug, um ihn aus seiner miesen Stimmung herauszuholen. Die Tatsache, dass er bei einem albernen Bengel so ausgerastet war, zeigte, dass irgendwas nicht stimmte.

Er muss herausfinden, was zum Teufel mit ihm los war. Er musste seinen Weg finden. Seine Inspiration.

Und zwar flott.

Shep atmete die schwüle New-Orleans-Luft tief ein, dann nahm er einen großen Schluck von seinem Kaffee. Oh Mann, er liebte den Kaffee, den sie hier hatten. Nichts daran war bitter oder zu stark gebrüht. Klar, wenn er nordwärts nach Denver fuhr, um seine Familie zu besuchen, waren die kleinen Cafés dort auch in Ordnung, aber Shep liebte nichts mehr als den Kaffee in New Orleans.

Hier, tief im Süden, fühlte es sich nicht so an, als ob der Januar gerade erst begonnen hatte. Die Weihnachtsfeiertage schienen bereits weit entfernt und die Silvesterpartys – etwas, worin New Orleans immer verdammt gut war – waren nur noch verblasste Erinnerungen.

Was nicht verblasste, war sein Neujahrsvorsatz.

Nö, den würde er nicht vergessen. Er hatte sich geschworen, dass dieses Jahr anders sein würde. Er hatte sich vorgenommen, nicht nur die Laufkundschaft zu bedienen, sondern Inspiration zu finden und richtige Kunst zu erschaffen, die sowohl ihm als auch den Kunden etwas bedeutete.

Shep fuhr sich seufzend mit der Hand durch seinen Dreitagebart.

Wann, verdammt, hatte er sich in einen Emo-Teenager verwandelt?

Sein Handy vibrierte in seiner Hosentasche, und er zog es heraus. Als er den Namen seines Cousins Austin auf dem Display sah, lächelte er. Wenn ihn jemand aus seiner miesen Stimmung herausholen konnte, dann Austin.

„Hey, was geht?"

„Nicht viel", sagte Austin mit einer Stimme, die sogar noch tiefer war als die von Shep. „Ich bin gerade mit einem ganzen Rückenstück fertig geworden, für das ich sechs Sitzungen gebraucht habe. Jetzt versuche ich die Phönixfedern aus meinen Kopf zu schütteln und mit Drachenschuppen zu ersetzen."

„Hast du ein Foto gemacht?"

„Darauf kannst du wetten", erwiderte Austin lachend. „Ich schicke es dir nachher. Ein tolles Werk, wenn ich das selbst mal so sagen darf. Mir war langweilig, und ich hatte keine Lust irgendwo zum Essen hinzugehen. Dachte mir, ich rufe mal an und schaue, wie es dir so geht. Wir sind nicht wirklich zum Reden gekommen, als du zu Weihnachten hier warst."

Fast der gesamte Montgomery-Klan wohnte in der Gegend um Denver. Shep war einer der wenigen, der in die Welt hinausgezogen war. Obwohl er und Austin sich am nächsten standen und auch das gleiche Alter hatten, hatte Shep für seinen Lieblingscousin nicht viel Zeit gehabt, als er über die Feiertage dort gewesen war. Oh nein. Austins sieben Geschwister, Sheps eigene drei Geschwister, die anderen Cousins und Cousinen und dann noch die ganzen Tanten, Onkel und seine Eltern hatten ihm während der Feiertage kaum Raum zum Atmen gelassen.

„Jap, war scheiße, dass wir kaum Zeit miteinander verbringen konnten. Du solltest mal hier zu Besuch kommen. Schau dir die Farben und das Lebensgefühl an. Lass dich für deine Kunst inspirieren."

Austin und seine Schwester Maya besaßen ein Studio in Denver namens Montgomery Ink und waren in dem, was sie taten, verdammt gut. Die drei fuhren oft im Land herum, um nach Ideen Ausschau zu halten, die sie in ihren Werken umsetzen könnten.

Vielleicht mussten sie das mal wieder tun und dieses *Ding* finden, nach dem er suchte.

Was auch immer das war.

„Vielleicht", sagte Austin so zögerlich, dass Shep die Stirn runzelte. „Wir werden sehen."

„Was ist los, Mann?"

„Nichts. Ich werde nur alt."

Shep schnaubte. „Wem sagst du das? Wir sind gleich alt. Was ist los?"

Austin seufzte. „Ach, verdammt. Ich komme zu dir. Ich lasse Maya einfach mit dem Studio alleine. Meistens will sie sowieso am liebsten alleine den Laden schmeißen."

Shep lächelte, als er hörte, wie Austin Maya beschrieb. Austin traf damit voll ins Schwarze.

„Ich bin hier, wenn du herkommst. Du weißt ja, dass ich ein Gästezimmer habe, wo du pennen kannst. Wir sind keine Kinder mehr – du musst also nicht auf einem Sofa übernachten."

„Gott sei Dank. Danke dir, Mann."

Shep lächelte. „Keine Ursache. Ich glaube, wir kommen jetzt in das Alter, wo wir zu alt sind, um danach zu suchen, was wir wollen. Wir müssen es irgendwie finden."

„Kann sein, Shep. Kann sein."

Sie verabschiedeten sich und Shep beendete den Anruf.

Jetzt, da er wusste, dass sein Cousin bald zu Besuch kommen würde, fühlte er sich ein bisschen besser. Sie würden den Plan später im Detail besprechen, weil Austin vor der Abreise erst mit Maya reden musste. Um nichts in der Welt wollten sie sich mit dieser Frau und ihrer scharfen Zunge anlegen.

Shep trank seinen Kaffee aus und ging wieder zurück zu Midnight Ink. Er musste etwas Arbeit erledigen. Er hatte heute zwar keine Termine – etwas, das bei ihm zum Glück selten vorkam –, aber es gab immer Laufkundschaft.

Er sah sie sofort, als er das Studio betrat.

Die sexy Nymphe, mit der er auf der Straße zusammengestoßen war.

Ihr blondes Haar war sogar noch heller, als es ihm vorhin im Sonnenlicht vorgekommen war.

Nein, sie sah nicht wegen der Sonne so hinreißend aus.

Das schaffte sie ganz allein.

Sie trug einen hellgrauen Bleistiftrock mit einem hellrosa Oberteil und einer grauen Jacke. Ihre Absatzschuhe waren dezent, aber ihre Beine sahen damit verdammt sexy aus.

Sie wirkte wie eine Assistentin oder Buchhalterin.

Völlig fehl am Platz in einem Tattoo-Studio – oder zumindest in den meisten Studios.

Bei Midnight Ink machte man keine Unterschiede. Man wusste, dass manche Leute ihre Tattoos wegen der Arbeit verstecken mussten, also stellten sie sicher, dass sie verdammt gut unter der Kleidung aussahen.

Aber diese Frau?

Komplett fehl am Platz.

Und sie wirkte verloren.

Shep lächelte. Er konnte ihr dabei auf jeden Fall helfen.

Sassy stand neben der Frau, eine Augenbraue hochgezogen. „Süße, bist du sicher, dass du dieses hier möchtest? Vor nicht mal einer Minute hattest du dir etwas anderes ausgesucht."

Die Frau drehte sich um und biss sich auf die Unterlippe, was Shep fast ein Stöhnen entlockte.

Heilige Scheiße. Er benahm sich wie ein Teenager mit einem Ständer. Nicht wie ein nicht mehr ganz so junger Mann mit Ständer.

Sassy erspähte ihn und winkte ihn zu sich. „Das hier ist Shep, Süße. Er wird dich tätowieren, weil er Zeit hat und du gesagt hast, dass es dir egal ist, wer es macht. Shep, das ist Shea. Sie gehört ganz dir." Sassy zog eine Augenbraue hoch und Shep lächelte.

Oh ja, er wollte diese Frau auf jede erdenkliche Weise in seine Finger bekommen.

Das Tätowieren würde nur der erste Schritt sein.

Sie drehte sich zu ihm um und Shep hätte fast geflucht.

Verdammt.

In ihren Augen spiegelte sich nicht nur Unschlüssigkeit, sondern nackte Angst und noch etwas ganz anderes. Irgendetwas wie Entschlossenheit.

Diese Art von Entschlossenheit führte zu Tattoos, die man später bereute.

Sassy ließ Shep und Shea mit einem Stapel Alben in der Ecke zurück.

„Also, äh, Shep", fing sie an, ihre Stimme genauso weich und verführerisch, wie sie draußen geklungen hatte, „Entschuldige bitte nochmals, dass ich vorhin in dich hineingestürmt bin."

„Wie schon gesagt, es ist kein Problem."

„Also, äh, dann bist du also derjenige, der mein Tattoo stechen wird? Ich glaube, ich möchte dieses kleine Gänseblümchen. Oder diesen Schmetterling. Kannst du das machen?"

Shep schaute auf ihren Körper herab, auf ihre unpassende Kleidung, die Angst, die sie ausstrahlte und wie sie das Gewicht von einem Fuß auf den anderen verlagerte. Er hob seinen Blick und sah ihr in die Augen.

„Nein."

Kapitel 2

„Nein?“, piepste Shea Little.

„Nein“, wiederholte der wirklich heiße Tattoo-Künstler Shep. Er verschränkte die Arme – seine wirklich heißen, tätowierten Arme – vor der Brust und sie blinzelte überrascht. Eine dunkle Haarlocke fiel ihm in die Augen und ließ ihn sogar noch gefährlicher wirken. Vielleicht sogar ein bisschen verwegen.

Oh, großartig. Nun beschrieb sie ihn wie einen romantischen Wüstling aus einem viktorianischen Roman.

Und nicht wie den Mann, der gerade „Nein“ gesagt hatte.

„Aber… warum? Einfach so nein?“ Sie konnte nicht verstehen, was er da sagte. Sie war zu

Midnight Ink gekommen, nachdem sie es sich zwei Wochen lang immer wieder abwechselnd ein- und ausgeredet hatte.

Und nun sagte der erste Künstler, mit dem sie redete einfach „Nein"?

Sie verstand das einfach nicht.

Shep hob eine Augenbraue. „Erzähl mir, warum du ein Tattoo willst." Seine Unterarme spannten sich an und sie riss ihren Blick von dem fesselnden Schauspiel los.

„Warum?", krächzte sie. Sie war wütend auf sich selbst, weil sie wie eine Idiotin klang.

Normalerweise hatte sie keine Probleme damit, verständlich zu sprechen, aber anscheinend war es zu viel für sie, vor einem viel zu attraktiven Mann zu stehen, wenn ihre Nerven schon beim bloßen Gedanken daran, sich tätowieren zu lassen, komplett blank lagen.

„Ja. Warum willst du ein Tattoo? Du fällst hier auf wie ein bunter Hund, Kleine. Nicht, dass sowas wirklich ein Problem ist, aber hier und jetzt? Du solltest mir sagen können, warum du es willst. Willst du beweisen, dass du kein braves Mädchen bist? Oder hast du bereits Tattoos unter dieser adretten, anständigen Kleidung? Ich glaube nicht, weil du nämlich aussiehst, als ob du jeden

Augenblick in Panik ausbrichst, nur weil du hier bist."

„Ich breche nicht in Panik aus", log sie.

Oh, sie stand definitiv kurz vor einer Panikattacke.

Dieser... dieser Mann musste allerdings nicht so unhöflich sein und sie darauf ansprechen. Sie hatte den ganzen Morgen damit verbracht, in ihrer Wohnung herumzulaufen und sich Mut zuzusprechen, um wenigstens hierher zu kommen. Jetzt wollte dieser Mann wissen, warum sie ein Tattoo wollte. Sie wusste doch selbst nicht einmal die Antwort darauf!

Zudem war sie sich ziemlich sicher, dass er gerade ihr Aussehen beleidigt hatte, oder zumindest ihre Kleidung.

Natürlich wusste sie, dass sich ihre normale Kleidung von der unterschied, die die Kunden dieses Etablissements normalerweise trugen, aber er musste doch nicht darauf hinweisen.

Gott, er machte sie rasend und sie hatte mit ihm noch nicht einmal in ganzen Sätzen gesprochen. Nicht in logischen.

Shea zwang sich, seine starke Statur und die Tattoos, die seine Arme bedeckten und an seinem Kragen hervorblitzten, nicht weiter anzustarren.

Stattdessen ließ sie ihren Blick durchs Studio schweifen. So ziemlich alle Augen waren auf sie und Shep gerichtet. Manche sahen fasziniert aus, manche gelangweilt, andere glotzten das Spektakel, das ihr gemeinsamer Streit darstellte, rundheraus an.

Naja, eigentlich stritten *sie* nicht. *Er* stritt.

Sie hatte ihm noch nicht wirklich Kontra geboten, aber sie wusste, dass sie das auf irgendeine Weise tun musste. Es war höchste Zeit.

Immerhin wollte sie sich mit dem Tattoo beweisen, dass sie sich durchsetzen konnte.

Da! Das war es.

Genau das würde sie diesem Shep mit den traumhaft blauen Augen erzählen, obwohl er eigentlich kein Recht auf eine Erklärung hatte, weil er sich wie ein totaler Arsch benahm.

„Shea?", fragte Shep und sie erstarrte beim Klang ihres Namens auf seinen Lippen. Oh, das klang sehr gut… Viel zu gut.

Vor allem, wenn man bedachte, dass sie ihn nicht kannte und dass das, was sie von ihm wusste, sie nicht dazu verlockte, ihn kennenlernen zu wollen. Er war auf jeden Fall ein egoistisches Arschloch und nicht jemand, den sie kennenlernen musste.

Sie würde einfach die Rezeptionistin mit der hübschen rosa Haarsträhne fragen. Sassy. Ja, so hieß sie. Sassy sah so aus, als ob sie ihr helfen könnte.

„Was?", blaffte sie. Die Wut, die sich in ihr angestaut hatte, drohte nun endlich hervorzubrechen.

Irgendetwas blitzte in seinen Augen auf und er grinste.

Verdammt, der Mann sah so heiß aus, wenn er das tat.

Und er hatte ein Grübchen.

Einfach großartig.

„Warum willst du ein Tattoo, Shea?", fragte er sanft.

Sein Ton ging ihr unter die Haut und zwar anders als zuvor. Er schien es wirklich wissen zu wollen und fragte nicht nur aus Gemeinheit.

Zumindest hoffte sie, dass sie das in seiner Stimme hörte, aber so, wie sie ihr Glück kannte, lag sie komplett falsch und er war in der Tat ein Mistkerl.

„Warum musst du das wissen?", fragte sie. Die Worte kamen ihr fast nicht über die Lippen. Sie verlor langsam den Mut und sie wusste es. Sie hätte nicht herkommen sollen. Sie zog ihre Handtasche dichter an ihren Körper und reckte ihr Kinn vor. Ihr blieb nichts anderes übrig, als das Studio einfach zu verlassen.

Sie würde keine zweite Chance bekommen. Wie dumm von ihr, auch nur darüber nachzudenken, hier herzukommen und etwas zu tun, das für ihre Maßstäbe so radikal war.

Ihre Mutter und ihr Ex hatten recht: Sie war nur eine steife, kalte Puppe.

Absolut nicht passend für einen Mann wie Shep.

Shea schluckte.

Oh Gott. Warum dachte sie auch nur an diesen Mann? Es ging hier um ein Tattoo und sie würde keins bekommen. Shep hatte mit all dem nichts zu tun.

Absolut nichts.

„Entschuldige vielmals, dass ich dich belästigt und deine Zeit in Anspruch genommen habe." Sie zog ihre Handtasche noch dichter an sich und lief schnell zur Tür. Ihre Absätze klackerten dabei auf dem glatten Holzboden. Sie brauchte all ihre Kraft, um die Tränen zurückzuhalten und nicht zu zittern.

Ihr Gesicht war bestimmt rot, aber sie ignorierte das.

Es war eine blöde, blöde Idee gewesen.

Eine große, warme Hand griff nach ihrem Ellbogen, als sie den Gehweg erreichte. Sie versuchte, sich loszureißen.

„Warte, Shea, geh nicht."

„Lass mich los", presste sie zwischen ihren Zähnen hervor. „Fass mich nicht an."

Bitte fass mich nicht an.

Statt loszulassen, zog er sie zu sich, sodass sie sich genau ins Gesicht schauten. Schweiß rann ihren seidenbedeckten Rücken hinunter und sie neigte den Kopf nach hinten, damit sie sein bärtiges Gesicht sehen konnte, während sie von der schwülen New-Orleans-Luft umgeben waren.

Shea konnte das Gewühl der Touristen und Einheimischen hören, die entweder arbeiteten oder Sehenswürdigkeiten besichtigten. Sie hörte Kinder lachen, Paare miteinander reden, einen einzelnen Mann vor sich hinsummen und einen anderen in sein Telefon brüllen.

Und doch wurde all das zu einem Hintergrundgeräusch und verblasste im Vergleich zu diesen schönen, blauen, von dunklen Wimpern umrahmten Augen und diesen markanten Wangenknochen unter dem Dreitagebart.

Shep zog sich endlich etwas zurück, war ihr aber immer noch so nah, dass sie sich nicht fortbewegen und wegrennen konnte, wie sie eigentlich wollte. Verdammt. Sie hasste es, wenn sie nicht die Kontrolle und alle Antworten hatte und sich nicht alles an seinem richtigen Platz befand. Ja, ihre aktuelle Lage widersprach all dem.

Es nervte sie unendlich.

Sie hätte nicht herkommen sollen.

„Ich wollte dir nicht wehtun oder dich so anfassen", sagte Shep mit besorgter Stimme. „Ich wollte verhindern, dass du wegläufst, weil ich mich wie ein Arschloch benommen habe."

Falls das eine Entschuldigung war, dann war sie sich immer noch nicht sicher, was sie damit anfangen sollte.

„Ich habe bereits gesagt, dass es mir leid tut, deine Zeit in Anspruch genommen zu haben. Vielen Dank, dass du rausgekommen bist und versucht hast, dich so besser zu fühlen, aber ich sollte jetzt lieber gehen. Ich bin hier eindeutig am falschen Ort." Gott, selbst wenn sie zickig sein wollte, hatte sie das Bedürfnis, dafür zu sorgen, dass die anderen sich besser fühlten. *Verdammt, diese Südstaatenmanieren waren zu tief in ihr verwurzelt.*

„Du wirst keinen besseren Ort für Tattoos finden, Shea."

Sie reckte ihr Kinn empor. „Das mag sein, aber

ich brauche kein Tattoo mehr. Ich habe mich geirrt. Auf Wiedersehen, Shep."

Sie drehte sich um, aber er griff sie wieder am Ellbogen. „Scheiße, Shea. Du setzt die Maske der Eisprinzessin wirklich schnell auf. Aber, verdammt, ich habe die Angst in deinen Augen gesehen, als ich auf dich zuging. Ich habe das bereits gesehen, als wir zuvor auf der Straße zusammengestoßen sind. Bevor ich überhaupt wusste, dass du auf dem Weg zu Midnight Ink warst, um ein Tattoo zu bekommen. Sag mir, was in deinem Kopf vor sich geht."

Er hob seine Hand und strich eine Haarsträhne hinter ihr Ohr. Sie erstarrte. Diese Geste war so intim, dass sie nicht wusste, was sie tun sollte. Sie kannte diesen Mann nicht einmal und doch wollte sie mehr über all seine Tattoos herausfinden, als er sie so berührte.

Irgendwas musste mit ihr nicht stimmen.

„Ich… Äh… Warum tust du das?"

„Was tue ich denn?", fragte er leise.

Gott, seine Stimme war sexy. Sie klang tief, rau und vibrierte auf ihrer Haut, sodass sie ein erregtes Zittern unterdrücken musste. Sie hatte gedacht, dass nur sexy Kerle in Filmen solche Stimmen hatten.

„Warum berührst du mich? Ich habe dir gesagt,

dass du mich nicht anfassen sollst." Ihre Stimme wurde am Ende des Satzes höher. Ihre Angst vor etwas… Neuem wurde hörbar.

„Ich bin ein Künstler, Shea, kein Gedankenleser."

Sie zwinkerte verblüfft. „Was?"

„Ich bin ein Künstler. Das, was ich tue, liebe ich verdammt sehr." Er hielt inne und schüttelte den Kopf. Diesmal spiegelten seine Augen ein bisschen Zweifel wider, was sie verwirrte. „Na ja, zumindest habe ich meine Arbeit immer geliebt. In letzter Zeit läuft es etwas holperig. Ich glaube, ich muss meine Muse oder so finden."

Shea schnaubte auf. „Echt jetzt? Fallen Frauen auf diesen Spruch rein? Nein, du musst mir das nicht einmal beantworten. Ich habe dir schon gesagt, dass es mir leid tut, deine Zeit verschwendet zu haben, aber jetzt verschwendest du meine. Lass mich einfach gehen. Bald werde ich nicht mal mehr eine Erinnerung für dich sein und du kannst diesen Musenspruch bei irgendeiner arglosen Studentin anbringen."

Shep warf seinen Kopf in den Nacken und lachte. Es musste einfach falsch sein, dass sie es so anziehend fand, wie sich seine Kehle dabei bewegte.

Ja, sie hatte eindeutig Probleme.

„Süße, ich bin viel zu alt, um mich nach Studentinnen umzusehen und das mit der Muse war keine Anmache. Ich stecke in einer schlechten Phase. Das hat nichts mit Vögeln zu tun. Es hat nicht einmal mit der Arbeit an deinem Tattoo zu tun. Als ich dich vorhin auf der Straße gesehen habe, war ich fasziniert. Das passiert mir nicht oft. Nicht mehr. Also, ja, ich will wissen, welches Tattoo du möchtest und warum. Ich will dich kennenlernen."

Das plättete sie. Sie kennenlernen? Was genau sagte er da? Und nun wollte er sie tätowieren? Bei diesem Kerl drehte sich ihr der Kopf auf mehr als nur eine Weise.

„Du musst mir das Schritt für Schritt erklären", sagte sie endlich, nachdem sie tief durchgeatmet hatte, um ihre Gedanken zu ordnen. „Zuerst benimmst du dich wie ein ungehobelter Grobian und erzählst mir, dass ich kein Tattoo bekomme und ich auffalle wie ein bunter Hund. Du sagst, dass du mich nicht anmachst, aber du bist fasziniert und willst an meinem *Tattoo* arbeiten, wie du es ausdrückst."

Shep lächelte und sie sah eine Reihe weißer

Zähne, die sich von seinem Bart abhoben. „Du hast es erfasst."

„Das ergibt gar keinen Sinn. Ich gehe jetzt." Sie hatte genug. Es war idiotisch gewesen, dass sie überhaupt nachgedacht hatte, ins Midnight Ink einzutreten. Obwohl es keine impulsive Entscheidung gewesen war – überhaupt nicht –, fühlte sie sich immer noch überfordert. Das war ein Gefühl, das sie nicht mochte und im Moment kam es ihr so vor, als ob Aufgeben ihre beste Option war.

„Geh nicht, Shea."

Sie hasste es, wie sehr sie den Klang ihres Namens mochte, als er ihn aussprach.

„Warum sollte ich bleiben?"

„Weil du nicht ohne Grund hergekommen bist. Ich kenne ihn noch nicht, zumal ich immer noch auf die Antwort auf meine erste Frage warte. Du solltest bleiben, weil du mutig genug warst, durch diese Tür zu treten. Trotz der Kleidung, die du trägst, trotz dieser Wand aus Eis, hinter der du dich versteckst, und trotz der Angst in deinen Augen. Versteh mich nicht falsch, wir sind da drinnen nicht so furchteinflößend. Naja, okay, abgesehen von Caliph. Aber ansonsten sind wir in Ordnung. Wir würden dir nicht wehtun und wir sind nicht die gruseligen Perverslinge, für die du uns vielleicht wegen Filmen und anderem Mist hältst."

Shea hatte keine Ahnung, wer Caliph war, aber sie wusste, dass die Leute in dem Studio nicht zu angsteinflößend waren. Sie beurteilte Menschen nicht nach ihrem Aussehen, wie es so viele andere taten. Wie so viele Menschen Shea selbst beurteilten.

„Ich muss gehen", flüsterte sie, als sie nun aus einem ganz anderen Grund Angst bekam.

„Sag mir, warum du ein Tattoo willst."

Sie stieß einen verärgerten Schnaufer aus und schaute in seine Augen. „Ich will eins, weil… weil das anders ist als mein Ich. Oder zumindest ist es anders als das Ich, für das mich jeder hält. Ich habe es satt, Shep. So, so satt… das hier zu sein." Sie zeigte auf sich selbst und seufzte.

Er umschloss ihr Gesicht mit seinen Händen und sie japste auf. Sie war nicht bereit für diese hitzige Berührung. „Mehr wollte ich gar nicht hören, Shea. Also, was willst du?"

Dich.

Sie blinzelte diesen verirrten, total verrückten Gedanken fort. Sie kannte Shep nicht mal.

„Ich weiß es nicht", sagte sie ehrlich. „Ich will

etwas, das zeigt, wer ich bin. Ich weiß nur nicht, was oder wer das ist."

Shep zog sich etwas von ihr zurück und sie spürte den Verlust seiner Berührung bis tief in die Knochen. „Okay. Dann werde ich dir helfen. Was auch immer du willst, es sollte etwas sein, das nur für dich ist. Ein Design, für das es sich lohnt, etwas ganz anders zu machen." Er lächelte breit. „Außerdem bekomme ich so die Gelegenheit, dich besser kennenzulernen, weil ich ja herausfinden muss, was für dich funktionieren würde. Das ist eindeutig ein Vorteil für mich."

Er wollte sie kennenlernen? Sie? Die Eisprinzessin in farblosen Klamotten, die am liebsten mit dem Hintergrund verschmolz, wann immer es möglich war?

„Bist du bei deinen Kunden immer so persönlich?", fragte sie. Seltsamerweise verspürte sie einen Stich der Eifersucht. Sie wollte nicht nur irgendeine weitere Frau sein, die er kennenlernte, bevor er sie tätowierte und dann verschwand.

Zum Teufel, nun klang sie wirklich verrückt.

Sie musste ein Beben unterdrücken, als er mit einer Fingerspitze ihre Wange entlang strich. „Ich habe so etwas noch nie zuvor getan", sagte er leise. „Ich markiere die Haut meiner Kunden für immer.

Das ist immer persönlich. Es ist nicht wichtig, dass ich nicht alles über sie weiß und nicht weiß, wie sie ticken. Ich weiß, was das Tattoo für sie bedeutet – zumindest die äußere Erscheinung. Ich kann nicht in aller Seelenruhe zusehen, wie du eine Entscheidung triffst, die du bereuen könntest."

„Du kennst mich nicht genug, um zu wissen, dass ich es bereuen werde." Niemand kannte sie so gut.

„Ich will dich gut genug kennenlernen."

Sie hatte einen Grund gehabt, um ins Midnight Ink zu kommen und nun würde Shep ihr helfen, auch wenn sie sich für verrückt hielt und jeder, der sie kannte, das Gleiche denken würde. So es blieb ihr nur eine Antwort.

„Ja, okay. Dann machen wir das."

Shep grinste und lehnte sich vor. Sheas Kinn reckte sich hoch wie von ganz allein, aber er küsste sie nicht. Seltsamerweise war sie enttäuscht, dass er es nicht einmal versucht hatte, aber sie sagte nichts. Seine Hand glitt erneut über ihre Wange und er lächelte zärtlich.

Shep griff in seine Gesäßtasche und zog eine Visitenkarte hervor. „Hier. Nimm die und ich bekomme deine."

Sie nickte und zog eine Karte aus ihrer Handtasche. Er lächelte, als er sie anschaute. „Buchhalterin. Ich wusste es doch."

Großartig. Sie sah sogar langweilig aus.

„Hey, alles gut! Ich mag's adrett und anständig. Ich rufe dich später an und wir reden dann darüber, was wir tun und wie ich dir bei der Suche nach dem perfekten Tattoo helfen kann."

„Okay", flüsterte sie. Sie fühlte sich plötzlich gar nicht mehr wie die unterkühlte Frau, die sie normalerweise war. Shep schien sie von innen heraus aufzuwärmen und sie war sich nicht ganz sicher, was sie davon hielt.

Er warf ihr einen letzten Blick zu, bevor er zurück ins Studio ging. Sie blieb wie benommen auf dem Gehweg zurück, schüttelte ihren Kopf und machte sich auf den Weg zurück zu ihrem Auto. Während der ganzen Fahrt nach Hause hielt sie seine Visitenkarte fest in der Hand. Sie nahm sich nie frei, aber sie hatte sich diesen Tag für das Tattoo freigenommen und nun war der Tag ruiniert. Verschwendet.

Sie hatte keine Ahnung, was sie tun sollte.

Shea ging in ihre Wohnung und sah sich um. Das überkorrekte, förmliche Zuhause, die unpersönlichen Dekorationen – einfach alles war steif und formell. Nichts davon zeigte, wer sie war.

Nein, alles zeigte ihr, wer ihre Mutter war und was ihre Mutter für sie wollte, als Shea die Wohnung gekauft hatte. Wenn es um ihre Mutter ging, hatte Shea schon vor langer Zeit aufgegeben.

Naja, bis auf die Tatsache, dass sie Richard, ihren Ex-Verlobten, verlassen hatte. Ihre Mutter hatte gekreischt und gedroht, sie zu enterben, weil sie glaubte, dass es der größte Fehler ihres Lebens war.

Shea konnte den Träumen ihrer Mutter einfach nie gerecht werden.

Sie lief barfuß zur Couch und ließ sich in die weichen Polster sinken. Alles um sie herum war kalt und abweisend, aber die Polster der Couch waren so weich, dass sie sich dort wenigstens ein bisschen wohl fühlte.

Sheps Karte, die sie immer noch in der Hand hielt, ließ ihr keine Ruhe. Sie blickte hinunter. Was zum Teufel tat sie da eigentlich? Sie war im Studio gewesen, weil ihr guter Vorsatz fürs neue Jahr daraus bestand, etwas für sich selbst zu tun. Etwas, das für sie so ungewöhnlich war, dass sie vielleicht herausfinden könnte, wer sie eigentlich sein wollte.

Sie hatte Tattoos schon immer geliebt. Sie liebte es, wie Menschen damit aussahen. Sie fand die Wirbel, die dunklen Farben und Schattierungen unglaublich sexy. Zuvor war Shea immer zu feige gewesen, um sich selbst tätowieren zu lassen.

Sie wollte es, aber sie hatte nicht die leiseste Ahnung, welches Design sie wollte. Shep würde ihr dabei helfen.

Shep.

Sie hatte sein dunkles Haar und seine strahlenden Augen immer noch im Kopf, aber sie wusste nicht, warum. Er würde ihr dabei helfen, sich selbst zu finden. Okay… das klang kitschig, auch wenn es nichts als die Wahrheit war.

Sollte sie die falsche Entscheidung treffen, würde ihr alles um die Ohren fliegen, aber das war egal.

Alles oder nichts.

Ihr Handy klingelte und sie runzelte die Stirn. Gott, hoffentlich war das nicht Richard oder ihre Mutter. Ständig belästigten sie sie mit ihren eigenen Vorstellungen darüber, wie sie ihr Leben zu führen hatte.

Die Nummer auf dem Display war ihr unbekannt, also antwortete sie so distanziert wie möglich.

„Hallo?"

„Shea? Hier ist Shep."

Ihr Herz schlug bis zum Hals, und sie schluckte schwer.

„Ja, ich bin's."

„Ich bin froh, dass du mir keine falsche Karte gegeben hast. Deshalb wollte ich nämlich deine Visitenkarte haben, statt dich einfach nach deiner Telefonnummer zu fragen. Die kann man auf die Schnelle nicht so leicht ändern."

„Oh. Stimmt."

Großartig. Sie musste wirklich anfangen, ganze Sätze von sich zu geben, sonst würde er sie noch für eine Vollidiotin halten.

„Was hältst du davon, wenn wir morgen Abend nach meiner Schicht zusammen ausgehen?"

„Warum? Wozu?"

Er gab ein tiefes Lachen von sich, das sie seltsamerweise erregte. Oh Gott, sogar das Lachen dieses Mannes war sexy.

„Ich habe dir doch gesagt, dass ich dich kennenlernen will, um dir zu helfen. Verdammt, ich will dich auch einfach so kennenlernen. Ich habe gedacht, wir könnten irgendwo schnell zu Abend essen und den Rest des Abends damit verbringen, herauszufinden, was du möchtest. Was hältst du davon?"

Er wollte etwas ohne einen festen Zeitplan

machen, den sie vorher unzählige Male überprüfen konnte? Sie war sich nicht zu hundert Prozent sicher. Das war alles andere als normal für sie. Aber sie wollte nichts Normales…

„Okay. Das klingt super."

„Gut. Dann treffen wir uns morgen um sieben Uhr vorm Studio. Auf diese Weise fühlst du dich wohler, als wenn ich zu dir nach Hause komme und dich damit nervös mache."

Sie entspannte sich und lächelte, auch wenn er es nicht sehen konnte. Sie hatte keine Ahnung, woher er wusste, dass sie ihm nicht ihre Adresse verraten wollte, aber sie mochte es.

„Okay."

„Alles klar. Bis morgen, Shea."

„Bis morgen, Shep."

Er beendete den Anruf. Shea starrte ihr Handy an und fragte sich, was gerade passiert ist. Sie hatte in ihrem Leben viel zu viel Zeit im Abseits verbracht. Dieser Mann und seine Ideen könnten ihr helfen.

Für diese auffallend blauen Augen, die raue Stimme und seine sexy Tattoos könnte es sich lohnen, ihre ganze Welt auf den Kopf zu stellen.

Kapitel 3

SHEP WECHSELTE DIE NADEL, DA ER MIT DEM gesamten Umriss fertig war und nun mit dem Schattieren anfing. Er rollte seine Schultern und sah sich seine Arbeit an.

Nicht schlecht.

Okay, es war besser als nicht schlecht. Verdammt viel besser, aber er wusste, dass es sich um einen Prozess handelte und er erst mit dem vollendeten Werk zufrieden sein konnte. Jede weitere Schicht des Umrisses, der Schattierung und der Farbe trug zum Gesamteindruck bei. Er wusste, was er wollte und wie er das mit den Wünschen des Kunden vereinbaren konnte. Wenn er dann am Ende die letzten Schichten auftrug, wäre das Tattoo absolut unglaublich. Aber im Moment war es nur ein halb vollendetes Werk.

„Wie sieht es aus?", fragte der Mann auf der Liege und achtete darauf, sich nicht umzudrehen.

Shep war mitten in einem Projekt, wo er einen grandiosen Phönix auf den Rücken des Mannes aufbrachte, wobei die Schwingen um die Seite herumreichte. In der letzten Sitzung hatte er den Umriss fertig gezeichnet und heute ging er nun über bestimmte Stellen, um sicherzustellen, dass sie perfekt waren. Danach würde er ein paar erste Schattierungen aufbringen, bevor dann die Farbe dazukam. Normalerweise wartete er mit dem Schattieren, aber er wollte sichergehen, dass es nicht zu dunkel wirkte, da die leuchtenden Orange- und Rottöne im fertigen Werk wirklich hervorstechen sollten.

„Es wird verdammt geil aussehen", antwortete Shep und begann mit dem Schattieren. Das Summen der Nadel ging wie immer durch seinen ganzen Körper. Er liebte das Schattieren am meisten, weil sich die Nadel langsamer bewegte, was sich für die meisten Leute unglaublich gut anfühlte.

Sein Kunde stöhnte auf, was Shep zeigte, dass er richtig lag.

Er arbeitete noch zwei Stunden und seine

Gedanken waren dabei vollkommen auf seine Hände und das Tattoo gerichtet. Mag sein, dass andere Leute während der Arbeit träumen konnten, doch sein Job war da anders. Eine falsche Bewegung reichte aus, um die Haut von einem Kunden zu versauen.

Definitiv nicht cool.

Sogar als er versuchte, seine Konzentration aufrecht zu erhalten, wanderten seine Gedanken immer wieder zu der Frau mit den unglaublich hellen, blauen Augen, die wie Kristalle in sonnenbeschienenem Wasser schimmerten, was zu ihrem Elfengesicht passte.

Shea.

Herrgott, er mochte diese Frau, die weich wie Seide und doch hart wie Eis war. Und dabei kannte er sie gar nicht, abgesehen von den paar Worten und Berührungen.

Irgendetwas musste mit ihm nicht in Ordnung sein. Er hatte sich noch nie zuvor zu einer Frau wie ihr hingezogen gefühlt.

Shep trat zurück und schüttelte den Kopf, während er seine Arbeitsfläche von der Farbe, dem Plasma und dem Blut säuberte. Er musste wirklich aufhören, ununterbrochen an Shea und sein Date mit ihr zu denken. Kann sein, dass sie es nicht als

Date bezeichnete, aber er tat es. Er wollte sie und er konnte sich in dieser Hinsicht nichts vormachen. Er war zu verdammt alt dafür.

Er rollte seine Schultern und machte sich wieder an die Arbeit. Dieser Phönix würde sowas von geil aussehen. Er hatte das schon vor mehr als einem Monat gewusst, als er die Skizzen dafür angefertigt hatte, doch erst jetzt dachte er aufrichtig, dass das hier etwas richtig Besonderes sein könnte.

Er fühlte sich voller Elan und konnte sich seit viel zu langer Zeit endlich wieder für seine Arbeit begeistern.

Das musste an Shea liegen. Sie war die einzige Änderung in seinem Leben, auch wenn sie wirklich kein großer Teil seines Lebens war.

Noch nicht.

Er würde das ändern.

Shep grinste vor sich hin, als er mit einer der Farben für die Flügel begann und dabei in jedem Nadelstich aufging.

Er zog sich nach eineinhalb Stunden von seinem Kunden zurück. Schweißtropfen hingen in seinen Augenbrauen und sein Rücken schmerzte. So etwas passierte schnell, wenn man zu viele Stunden über den Tisch gebeugt stand.

Er schnaubte auf, als er daran dachte, was Caliph und Austin sagen würden, wenn er das laut sagen würde.

Ja, das sollte er lieber für sich behalten.

Er reinigte den Rücken des Mannes und verteilte Salbe auf dem Bereich. „Okay, wir sind für heute fertig. Ich glaube, in der nächsten Sitzung werden wir es beenden."

Der Typ stand auf und lächelte. „Du bist ein wahrer Gott mit der Nadel, Shep. Es hat kein bisschen wehgetan."

Shep grinste. „Selbst wenn es so wäre, würdest du es mögen."

Der Mann warf seinen Kopf in den Nacken und lachte. „Stimmt. Also, wann ist unsere nächste Sitzung?"

Shep erklärte ihm die Anweisungen für die Nachbehandlung. Der Kerl war ein Stammkunde, aber es konnte nie schaden, sie nochmal zu wiederholen. Das Letzte, was Shep brauchte, war ein schlechter Heilprozess, der seine Kunst ruinieren würde. Sie planten die Sitzung für drei Wochen später ein, weil sie dann beide Zeit hatten und dann ging Shep zurück an die Aufgabe, seinen Arbeitsplatz zu reinigen.

Er war in dieses Werk wirklich total versunken

gewesen und hatte eine ganze Stunde mehr darauf verwendet als geplant. Es war bereits Viertel vor sieben und er hatte keine Zeit mehr, nach Hause zu gehen und schnell zu duschen.

Mist.

Er wollte für sein erstes Date nicht wie ein verschwitzter Loser aussehen, aber nun musste sie sich mit dem zufriedengeben, was sie bekam.

Er war einfach nur Shep.

Das musste gut genug sein.

Er zog sein Oberteil im Personalwaschraum um und behielt seine Jeans und Stiefel an, aber wenigstens trug er ein schwarzes Hemd. Da es mittlerweile nun auch abends schwül war, ließ er seine Lederjacke zurück. Nachdem er sich noch einmal mit der Hand durch die Haare fuhr, machte er offiziell Feierabend.

Er sah nicht aus wie ein GQ-Model – nicht mit den Tattoos, Nippelpiercings und noch mehr –, aber er schnitt nicht schlecht ab.

Und von der Art, wie Shea am Tag zuvor seinen Körper bewundert hatte, dachte er, dass sie ihn anziehend fand, so wie er war. Was sie zu bieten hatte, war auf jeden verdammten Fall genau das Richtige für ihn.

„Siehst gut aus", sagte Sassy, als sie nach hinten

ging, um ihre Handtasche zu holen, „allerdings solltest du vielleicht vor deinem großen Date mit der Eisprinzessin duschen."

Er zog die Brauen zusammen. „Nenn sie nicht so. Woher weißt du, dass ich heute Abend ein Date mit ihr haben?"

„Sassy weiß alles."

Shep verdrehte die Augen. „Du hast um die Ecke gestanden und gelauscht, als ich sie gestern angerufen habe, oder?"

Sie zog eine Augenbraue hoch. „Ich habe nicht die geringste Ahnung, wovon du sprichst. Sassy lauscht nicht."

„Hör auf, von dir selbst in der dritten Person zu reden. Das ist gruselig."

Sie schüttelte nur den Kopf und lachte. „Benutz etwas Parfüm, aber nicht den Mist für Teenager mit den beschissenen Werbungen."

„Ich habe dieses Zeug eh nicht, Sass."

„Dann ist ja alles bestens. Viel Glück mit deiner Flamme, Süßer. Du wirst es brauchen."

„Was meinst du, verdammt nochmal? Willst du sagen, ich bin nicht gut genug für sie?"

Sie hielt die Hände hoch in einer abwehrenden Geste. „Nein, überhaupt nicht. Ich meine nur, die Frau hat so eine dicke Schutzmauer um sich herum errichtet, dass nichtmal ich durchkam. Und du weißt, dass ich bei solchen Sachen verdammt gut bin. Du wirst dieses Eis zum Schmelzen bringen müssen, wenn du herausfinden willst, wer sie ist. Warum denkst du verdammt nochmal, dass du nicht gut genug bist? Dir fehlt es doch sonst nicht an Selbstbewusstsein, Shep. Was ist los?"

Shep schüttelte den Kopf. „Ist egal. Ich bin nur nervös."

Sassy lächelte und zwirbelte eine lange, rosa Haarsträhne zwischen ihren Fingern. „Ah, so ist das also. Sie ist besonders. Gut zu wissen."

Shep verengte seine Augen. „Lass mich in Ruhe, Sassy."

„Mach dir keine Sorgen, Süßer. Ich bin mir sicher, dass alles gut gehen wird", sagte sie und schlenderte sie mit schwingenden Hüften aus dem Raum.

Herrgott, diese Frau war manchmal echt durchgeknallt.

Shea würde innerhalb der nächsten fünf Minuten draußen auftauchen und er wollte sie nicht warten lassen. Das letzte Mal, als er sie gesehen hatte, hatte sie wie ein verängstigtes Kaninchen ausgesehen. Er konnte es nicht dem Schicksal überlassen, dass sie tatsächlich warten würde.

Sein Telefon vibrierte in seiner Hosentasche und er fluchte. Das war jetzt hoffentlich nicht Shea, die ihm absagte. Ohne auf das Display zu schauen, nahm er den Anruf an. „Du solltest jetzt lieber draußen stehen und mir nicht absagen, Baby."

„Musst du deinen Dates jetzt schon drohen? Was zum Teufel ist in New Orleans los, dass ein Montgomery keine Überzeugungskraft mehr hat?"

Shep fluchte, als er Austins Worte hörte. „Verdammt. Ich dachte, du wärst jemand anderes."

„Ganz eindeutig. Was ist los? Hast du Probleme im Bett?"

„Austin, ich werde jetzt mit dir nicht über Sex sprechen, nur weil du keinen hast. Ich habe gerade keine Zeit, um darüber zu reden."

„Autsch. Das sind grausame Worte von dem Mann, der glaubt, dass er von seinem Date versetzt wird."

„Halt die Klappe. Ich muss los. Shea wartet draußen wahrscheinlich auf mich und ich stehe hier und rede mit dir."

„Shea? Hübscher Name."

„Austin", knurrte Shep.

„Hey, mach mich nicht an. Geh schon zu deinem Date, sofern sie denn erscheint. Ich hoffe, sie tut's, weil ich echt nicht in Stimmung bin, mich mit deinem Emo-Scheiß herumzuschlagen, falls sie nicht kommt. Ich rufe eigentlich nur an, um dir zu sagen, dass ich einen Flug gebucht habe. Ich komme in drei Tagen. Ist das okay?"

Shep seufzte. Er wusste, dass Austin herkommen musste und – aus welchen Gründen auch immer – einen klaren Kopf bekommen musste. Shep wollte helfen, auch wenn sie sich gegenseitig auf die Nerven fielen. Sie waren immer noch eine Familie.

„Ja, Mann. Das geht in Ordnung."

„Gut. Und, Shep? Ich hoffe wirklich, dass sie auftaucht. An der Art, wie du ihren Namen sagst, merkt man, dass sie etwas ganz Besonderes ist."

Er legte auf, und Shep starrte sein Handy an. Verdammt, hatte er ein Schild um den Hals hängen, auf dem stand, dass Shea anders war? Er hatte sich das noch nicht einmal selbst bestätigt, und doch schienen es alle anderen zu wissen.

Hoffentlich verschreckte er sie nicht.

Shep macht sich auf zur Vordertür und erstarrte.

Heilige Scheiße.

Shea war sogar noch heißer, als er in Erinnerung hatte und dabei konnte er sich an jede Einzelheit vom Tag zuvor erinnern.

Sie trug ein weißes Kleid, das ihre Schultern

bedeckte, aber dennoch Haut zeigte. Mit ihrer hell-rosa Strickjacke, die ihre Arme größtenteils bedeckte, sah sie verdammt verführerisch aus. Und sie trug Perlen.

Verdammte Perlen.

Keine zu großen, aber, oh Gott, sie sah elegant aus.

Ihr Kleid lag eng an und wurde an den Knien weiter. Ihre Beine sahen in ihren rosa Pumps mit den dünnen kleinen Absätzen verdammt aufreizend aus.

Ihr Haar hatte sie im Nacken zu einem Knoten zusammengefasst, sodass Shep die gesamte Kontur ihres Gesichts sehen konnte. Obwohl sie nicht spindeldürr war, standen ihre Wangenkno-chen hervor und betonten diese hypnotischen Augen.

Im Moment waren dieses Augen jedoch voller Angst… und Spannung.

Mit Letzterem konnte er umgehen und ersteres würde er verschwinden lassen müssen.

Sie starrte ihn mit einem angestrengten Lächeln an. Er atmete tief ein und zwang sich zu Zurück-haltung, damit er in der Öffentlichkeit nicht wie ein Uni-Bubi über sie herfiel.

„Shea, du bist gekommen.“

Sie blinzelte zu ihm hoch. Ihr Blick wanderte von seinem Brustkorb zu seinem Gesicht.

Sehr schön.

„Ich habe dir doch gesagt, dass ich kommen würde. Ich bin bei meinen Terminen nicht unzuverlässig." Sie wurde rot. „Außer, wenn ich mich in die Enge getrieben und unerwünscht fühle. Dann gehe ich. Ich meine…"

Er machte zwei Schritte auf sie zu und nahm ihr Gesicht in seine Hände. „Durchatmen, Shea. Ich weiß, dass ich dich gestern verschreckt habe. Lass uns ausgehen und Spaß haben, okay? Uns ein bisschen austoben?"

Sie schnaubte auf. „Ich bin nicht jemand, der sich austobt."

Oh, das war ihm schon klar. Dass sie überhaupt ins Midnight Ink gekommen war, ließ ihn wissen, dass sie mehr als bereit war, sich auszutoben. Sie mochte die Kleidung einer Eisprinzessin tragen, aber er hatte das Gefühl, dass sie darunter heiß war wie die Hölle.

Sein Ziel war es, dies herauszufinden.

Und nicht nur wegen der Hitze.

Oh nein, er wollte mehr.

„Du wirst heute Abend Spaß haben. Versprochen." Er zog sie näher zu sich und legte einen Arm um ihre Schulter. Einen Moment lang war sie ganz steif, bevor sie sich dann entspannte und sich an ihn anlehnte.

Fortschritt.

„Ich habe keine Ahnung, was ich hier tue. Aber zum Teufel – ich tu's einfach." Sie schaute zu ihm hoch. „Also, was genau tue ich denn?"

Er grinste zu ihr hinunter und küsste ihre Nase, konnte einfach nicht anders. Sie zuckte ein bisschen zurück und ihre Wangen wurden rot, aber sie beschwerte sich nicht darüber.

„Wir gehen zur Frenchman Street."

„In die Straße? Zu keinem bestimmten Ort?"

„Warst du da schon einmal?"

Sie nickte. „Ein paar Mal. Es ist sehr… bunt."

„Taktvoll, Baby. Es ist nicht wirklich eine Touristenattraktion und es gibt dort nicht die berühmtesten Orte und Restaurants, aber in den Bars und sogar direkt auf der Straße gibt es verdammt geile Musik. Es ist fast Zeit, dass Leute von Kneipe zu Kneipe ziehen und sich amüsieren. Wir werden uns unter sie mischen und herausfinden, was du magst." Er schaute ihr Kleid und ihre Pumps an. „Naja, wir werden versuchen, uns unter sie zu mischen. Du siehst aus wie eine Touristin, aber ich pass schon auf dich auf."

Sie hielt an und wurde rot. „Oh, Scheiße. Es tut mir leid. Ich wusste nicht, wo wir hingehen. Deshalb ich das hier einfach angezogen. Ich kann zurückgehen und mich umziehen. Shep, verflixt, ich habe keine Ahnung, was ich hier tue."

Er dreht sie in seinen Armen herum und drückte seine Lippen auf ihre. Sie atmete hastig ein, öffnete ihre Lippen. Seine Zunge strich gegen ihre und er verlor sich in ihrem Geschmack, als er ihren Duft tief einatmete.

Er zog sich atemlos zurück. „Beruhig dich, Baby. Es ist alles in Ordnung. Zieh dich so an, wie du willst. Ich werde dich nicht verurteilen, aber versteck dich nicht. Okay?"

„Du… hast mich geküsst."

„Verdammt, ja. Es war perfekt."

Sie berührte ihre geschwollenen Lippen mit den Fingerspitzen, ihr Blick war unfokussiert. „Oh… meine Güte." Sie zwinkerte. „Nächstes Mal musst du mir wenigstens ansatzweise verraten, wo wir hingehen. Ich ziehe mich dann passender an, okay? Ich hasse es hervorzustechen. Ich habe für den Abend einfach nur etwas Hübsches angezogen. Ich habe nicht überlegt."

Er nickte und liebte es, dass sie von einem nächsten Mal gesprochen hatte, denn, verdammt ja, es würde ein nächstes Mal geben. „Hübsch ist dir mehr als gut gelungen, Shea. Ich werde dir nächstes Mal aber eine Vorwarnung geben. Allerdings wirst du für mich immer aus der Masse hervorstechen, Baby. Verstehst du?"

Sie neigte ihren Kopf und hob ihre Hand. „Ich bin mir nicht sicher, aber erklär es mir nicht. Mir geht das alles gerade ein bisschen schnell, also lass uns einfach gehen. Nächstes Mal ziehe ich mich anders an und alles ist gut."

Er nickte lächelnd. „Kannst du in diesen Fuck-me-Pumps laufen?"

Sie sah auf ihre Füße und schaute ihn dann mit großen Augen an. „Fuck-me-Pumps?", platzte sie heraus. „Die sind doch nicht schwarz. Sie könnten gut drei Zentimeter höher sein und es wäre immer noch gut. Oh nein, Shep. Das hier sind definitiv keine Fuck-me-Pumps."

Shep musste schwer schlucken, als er sie sich in höheren Absatzschuhen vorstellte.

In nichts als Absatzschuhen.

Heilige. Scheiße.

„Wenn du das sagst, Babe. Sag Bescheid, wenn dir deine Füße wehtun und ich kümmere mich dann um dich."

Sie lächelte und sein Herz machte einen Sprung. Verdammt, er war echt in Schwierigkeiten.

„Mir wird's schon gut gehen, Shep. Ich liebe Absatzschuhe, aber danke, dass du daran gedacht hast."

Sie machten sich auf zur Frenchman Street. Auf dem Weg dahin sprachen sie nicht viel. Klar, er wollte sie kennenlernen, aber im Moment fühlte sich die angenehme Stille zwischen ihnen richtig an, als ob sie sich schon sehr viel länger als nur ein paar Stunden kannten.

Jap. Er steckte echt in Schwierigkeiten.

„Was willst du essen?", fragte er.

„Ich dachte, du hättest alles im Voraus geplant", neckte sie ihn, was ihn lächeln ließ. Die eisige Mauer schmolz langsam dahin und er liebte es.

„Du solltest wissen, dass meine Lebenspläne, wenn es um mehr als Tinte und diesen Abend geht, eher eine vage Orientierungshilfe sind."

Shea hielt abrupt an und er tat es ihr gleich.

„Was ist los?"

„Ich brauche Pläne, Shep. Ich mag Pläne. Ich mag Terminplaner und Kalender und farbcodierte Sachen. Sie machen mich glücklich. Wenn alles geordnet ist, dann ist die Welt ein viel besserer Ort. Das solltest du wissen."

„Du hast eine kleine Zwangsneurose, oder?"

„Wenn es um Pläne geht, dann habe ich sogar einen ganzen Strauß." Sie lächelte, als sie seinen verständnislosen Blick sah. „Einen Zwangsneu-Rosen-Strauß." Ihre Lippen zuckten und er warf seinen Kopf lachend in den Nacken.

Seine ruhige, gefasste Shea verarschte ihn.

Oh ja, heute Abend würde verdammt perfekt sein. Ganz egal, was danach kam.

„Okay, also ich sage dir nächstes Mal, wo wir hingehen und du kannst dann dein Outfit und unsere Aktivitäten planen. Wie klingt das?"

Sie lehnte sich zu ihm vor. Ihre Augen strahlten vor unbändiger Freude. „Das klingt perfekt."

Er lächelte und konnte nicht anders, als wieder ihre Lippen zu kosten. Sie ließ sich in ihn sinken, ihr Körper entspannt. Er ließ seine Hand zu ihrem Hintern wandern und griff zu. Hm, eine perfekte Handvoll. Seine Zunge verschlang sich mit ihrer und sie öffnete ihren Mund mit einem Stöhnen.

„Was passiert hier gerade, Shep?", fragte sie, als sie sich voneinander gelöst hatten.

„Ich habe keine Ahnung, Shea, aber ich kann's kaum erwarten, es herauszufinden."

Kapitel 4

„SHEA, BABY, HEB DEINE HÜFTEN AN. LASS MICH deine Muschi sehen.“

Shea wandte sich und tat stöhnend wie ihr geheißen.

„Verdammt, Shea, ich kann es nicht erwarten, deine hübsche Muschi auszufüllen und dich auf meinem Schwanz zu spüren, während du mit mir in dir kommst.“

Shea keuchte bei seinen Worten auf. Sie wollte kommen, konnte es aber nicht.

Das Telefon klingelte und sie öffnete die Augen.

Scheiße.

Sie war in ihrer Decke verheddert, ihr Nachthemd war bis zu ihrer Taille hochgerutscht und der Slip hing ihr um die Knöchel.

Shep war weit und breit nicht zu sehen.

Natürlich war er nicht hier.

Nein. Nach einer atemberaubenden Nacht, in der sie Jazzmusik hörten und Sandwiches auf der Straße stehend aßen, von Bar zu Bar zogen, tranken, rummachten und lachten, hatte er sie nach Hause gebracht und ihr auf der Türschwelle einen Gute-Nacht-Kuss gegeben.

Sie wussten, dass er hineinkommen wollte.

Sie wussten, dass sie ihn lassen würde.

Aber sie wussten, dass es nicht der richtige Zeitpunkt war.

Ihre Träume hatten allerdings anderes vor.

Ihr Körper schmerzte vor Anspannung. Sie müsste einfach nur das Telefon nehmen und Shep anrufen, damit er herkommen und ihr helfen könnte.

Verdammt. Das klang nicht wie die Shea, die sie kannte, aber das war absolut die Shea, die sie sein wollte.

Ihr Telefon klingelte wieder und sie drehte sich fluchend auf den Bauch, um zu ihrem Nachttisch zu greifen und gleichzeitig ihren Slip hochzuziehen.

Es war sechs Uhr dreißig und sie war bis fast zwei Uhr unterwegs gewesen.

Es war absolut unwahrscheinlich, dass derjenige, mit dem sie sprechen wollte, gerade tatsächlich anrief, also war es entweder ihre Mutter oder Richard.

Wenn sie nicht antwortete, würde sie sie nur verärgern und dann würden sie die beiden letzten Endes trotzdem nerven.

Sie sah auf ihr Handy, fluchte wie Shep und antwortete mit eisiger Stimme.

„Mutter."

„Du schläfst noch nach sechs Uhr? Ich verstehe nicht, warum du dich so aufführst. Man könnte meinen, du hättest deine ganze Erziehung vergessen. Ich habe Jahre für dich geopfert und nun schau dich an. Wertlos. Du hättest jung und gut heiraten können. Du hättest Richard heiraten können. Er kommt aus gutem Hause. Und nun schau, was du angerichtet hast. Du bist einfach nur eine Buchhalterin, die wie eine Hure ausschläft."

Shea schloss ihre Augen. Warum nur hatte sie den Anruf angenommen? Sie hätte das Telefon auf stumm schalten können und noch mehr von Shep träumen können.

„Mutter."

„Ja, ich bin deine Mutter, aber gebracht hat das nichts. Ich habe dir eine gute Erziehung und ein Dach über dem Kopf gegeben, dir eine Zukunft geboten, die so strahlend und vielversprechend war, dass man mir dafür Medaillen hätte verleihen sollen. Aber was machst du? Du lässt all das zurück, um mit Zahlen zu arbeiten und ein Flittchen zu werden, das allein wohnt und mit sonst wem ausschläft."

Die Vorstellungen, die ihre Mutter über ihr Leben hatte, waren sehr viel ansprechender als die Realität.

Nur so als Anmerkung.

„Ich wünsche dir ebenfalls einen guten Morgen, Mutter." Was konnte sie denn sagen, wenn ihre Mutter eine ihrer üblichen Tiraden begann?

„Es wäre ein guter Morgen gewesen, wenn du die Tochter wärst, zu der ich dich machen wollte und nicht die, die du bist."

Autsch.

Sie hatte nur das gesagt, was sie bereits seit Jahren wiederholte, aber trotzdem... Autsch.

„Rufst du heute Morgen aus einem bestimmten Grund an?" Immerhin war es Sonntag. Da dies normalerweise der Tag des Herrn war, sollte sich Frau Reginald Little III eigentlich darauf vorbereiten, andere Frauen während des Nachmittagstees herabzusetzen und dabei so zu wirken, als ob sie ebendieses nicht tat. Warum belästigte sie also ihre einzige Tochter?

Ihre Mutter stieß einen langen Seufzer aus. Die Frau war wirklich eine Meisterin in ihrem Gebiet.

„Du wirst heute Morgen zum Brunch erwartet. Richard wird da sein und du kannst dich entschuldigen. Hoffentlich ist er gnädig genug, um dich zurückzunehmen. Ich habe mich nach besten Kräften darum bemüht, deine Fehler auszubügeln. Enttäusche mich nicht, indem du du selbst bist."

Shea fuhr sich mit einer Hand durch die Haare. Die Worte ihrer Mutter waren ihr nicht neu und doch versetzten sie ihrem Herzen einen schmerzlichen Stich.

„Ich kann heute nicht kommen, Mutter." Und auch an keinem anderen Tag. „Ich habe Pläne." Ihre Pläne mit Shep waren erst später am Tag, aber ihre Mutter musste das nicht wissen.

„Pläne? Du?" Ihre Mutter lachte und Shea zuckte zusammen. „Schätzchen, du musst mich nicht anlügen. Ich weiß, dass du keine Pläne hast. Wer würde denn schon mit dir Zeit verbringen wollen? Zieh dich an und trag etwas, das ich für dich ausgesucht habe. Es wird dir nichts bringen, wenn du für Richard wie eine Hure aussiehst. Kleide dich züchtig, aber betone auf jeden Fall deine Brüste. Er mag Brüste. Und wenn er einen guten Blick auf das erhascht, was du zu bieten hast, auch wenn das nicht sehr viel ist, dann kannst du deine Hurentricks einsetzen, damit er dir den Ring an den Finger steckt."

Es gab nicht genügend Kaffee auf der Welt, um mit all dem klar zu kommen.

Meinte sie das ernst? Sie sollte sowohl nuttig als auch züchtig sein, um einen Mann zu halten, den sie nicht wollte?

Gott, hörte ihre Mutter überhaupt, was sie da von sich gab?

„Übrigens, Mutter, ich lege jetzt auf."

„Wag es ja nicht, ein undankbares Balg zu sein. Ich habe alles für dich getan und so zahlst du es mir zurück? Du kommst zum Brunch, ansonsten ist der Teufel los."

Shea legte auf, als ihre Mutter ihre Tirade fort-führte – etwas, das sie vor knapp zwei Tagen nicht getan hätte.

Dass sie abends mit einem Mann lachend in den Straßen umhergezogen war und er sie eng umarmt hatte, hatte ihr anscheinend mehr geholfen als erwartet. Schon allein für den Gedanken daran, dass sie an diesem Abend etwas vorhatte – auch wenn es ihre Aufgabe war, diesen Plan konkreter zu machen – lohnte es sich, später das Geschrei ihrer Mutter zu ertragen.

Obwohl sie gerne ausgeschlafen hätte, war das jetzt keine Option mehr. Nicht mit diesem schmierigen Gefühl, das nach diesem frühen Telefonanruf über sie hinwegkroch.

Sie würde einfach aufstehen und ihren Tag beginnen müssen.

Shea duschte, frühstückte und plante dann ihr Date in der Preservation Hall. Als Shep ihr gesagt hatte, wo sie hingehen würden, war sie überrascht gewesen. Es war nicht wirklich ein Ort für ein Date, aber er wollte trotzdem mit ihr hingehen. Er meinte, dass sie danach zu Abend essen und... andere Dinge erledigen würden.

Sie errötete, als sie darüber nachdachte, worum es sich bei den anderen Dingen handeln könnte.

Shea mochte zwar nicht das Flittchen sein, für das ihre Mutter sie hielt, aber sie wollte sehen, was mit Shep passieren würde.

Sie konnte nicht anders.

Am späten Nachmittag war sie angezogen und bereit. Shep würde jeden Moment hier sein, um sie abzuholen. Anders als am vorherigen Abend, an dem sie getrennt zu ihrem Treffpunkt gekommen waren, war es nun in Ordnung, dass er ihre Adresse kannte. Außerdem hatte er sie in der Nacht zuvor zur Tür gebracht, sodass es nun sowieso ein bisschen zu spät war, sich darum zu sorgen.

Und diesmal war sie nicht wie eine Assistentin oder ein Gast einer eleganten Cocktailparty gekleidet.

Nö.

Sie hatte ganz hinten in ihrem Schrank nach einem Outfit suchen müssen. Zum Glück hatte sie so viele Teile auf ihrer „Wird-nie-passieren"-Kleiderstange, dass sie sich jetzt wohlfühlen konnte. Sie trug eine enge Jeans, eine hübsche Bluse und diese Fuck-me-Pumps, von denen sie Shep erzählt hatte.

Normalerweise trug sie diese mit Kleidern, aber heute wollte sie etwas wagemutiger sein.

Hoffentlich mochte er das.

Verdammt, sie musste mit diesen ständigen Selbstzweifeln aufhören. Nach einem Anruf von diesem herrischen Drachen, der sich Mutter nannte, verwandelte sie sich wieder in das junge Mädchen, das sie gewesen war.

Diese Person war sie nicht mehr.

Das musste sie sich das hinter die Ohren schreiben.

Ein Klopfen an der Tür riss sie aus ihren

Gedanken und sie griff sich an den Hals. Ihr Puls raste.

Er war da.

Okay, Shea, du schaffst das.

Sie strich ihr Oberteil glatt, aber ihr Herz klopfte dabei viel zu schnell. Als sie die Tür öffnete, hielt sie den Atem an – ihre übliche Reaktion, wenn sie ihn sah.

Er trug wieder ein dunkles, geknöpftes Hemd, das an all den richtigen Stellen eng anlag.

Er war schön.

Unglaublich schön.

„Ich dachte, dass du in Jeans atemberaubend aussehen würdest und ich hatte absolut recht."

Sie seufzte, als Sheps Worte in ihrem Bewusstsein ankamen.

Ja, sie seufzte wie ein Schulmädchen, aber es war ihr egal.

Sie strich sich mit der Hand über die Jeans, nicht sicher, ob sie das Richtige trug, auch wenn Shep es offensichtlich gut fand.

Gott, sie musste ihre Unsicherheit unter Kontrolle bekommen. Sie saß nicht mehr im Wohnzimmer ihrer Mutter und wurde ausgeschimpft, weil sie Bowle auf ihr Kleid verschüttet hatte oder nicht die neueste Mode trug. Heute war es ihr vollkommen egal.

Eine Hand legt sich auf ihre Wange und zwang sie, Shep ins Gesicht zu blicken. Er runzelte die Stirn und seine Brauen zogen sich nach unten.

„Was ist los, Baby? War das zu direkt für dich?"

Sie zwinkerte verwirrt. „Oh, nein. Ich habe kein Problem mit dem, was du gesagt hast." Sie errötete. „Ich *mag*, was du gesagt hast."

Er atmete aus und strich dann mit dem Daumen über ihren Wangenknochen. Sie zog scharf einen Atem ein und hatte das Gefühl, dass sie seine Berührung ein bisschen zu sehr genoss.

„Dann erzähle mir, was in deinem Kopf vor sich geht. Du warst gerade mit deinen Gedanken in einer anderen Welt und es sah nicht so aus, als ob es eine gute war. Was stimmt denn nicht, Baby?"

„Alles ist gut", log sie. Sie log immer, wenn es um ihre Mutter und ihre Probleme ging. Sie wollte ihrem Date nicht noch einen weiteren Dämpfer verpassen. Er musste nicht wissen, dass ihre Mutter eine Psychopathin war, die ihre Tochter bei jeder sich bietenden Gelegenheit verbal zusammenschlug.

Ihre Mutter wusste nicht, dass sich in Shea ein Sturm unter der ruhigen Oberfläche zusammenbraute.

Sie wollte anders sein, aber sie hatte zu viel Angst davor. Sie hatte ihr wahres Ich so lange verborgen, dass sie nicht wusste, wie sie es wieder ans Licht bringen konnte.

Shep hob ihr Kinn an und strich mit dem Daumen über ihre Unterlippe. „Du musst mich nicht anlügen, Shea. Wir wollen uns doch kennenlernen, weißt du noch?"

„Für mein Tattoo. Du musst nicht alles wissen, Shep."

„Baby, du weißt, dass es hier um mehr als das Tattoo geht. Es ging um viel mehr als das Tattoo, als du auf der Straße in mich hineingerannt bist und ich in deine atemberaubenden Augen geschaut habe. Ja, ich werde dir das beste Tattoo der Welt stechen. Du bist schon so schön, dass alles, was ich auf deine Haut bringe, durch dich nur noch schöner wird, aber dabei soll es nicht bleiben. Ich will herausfinden, wie du tickst. Ich will dich kennenlernen. Gestern Abend haben wir nicht über Tattoos oder Designs geredet. Wir haben darüber gesprochen, wer wir sind und was wir wollen. Ich will nicht einen Schritt zurück machen. Ich bin hier, weil ich dich kennenlernen will und ich will, dass du mehr über mich erfährst. Zieh dich jetzt nicht zurück, Shea. Sprich mit mir."

Dieser Mann.

Verdammt.

Er nahm alles, was sie hatte und gab ihr so viel mehr zurück.

Wie zum Teufel machte er das?

Wenn sie sich auf ihn verlassen würde, würde sie das viel kosten, aber zum Teufel, sie wollte es.

„Es tut mir leid."

Er schüttelte energisch den Kopf. „Nein, dir hat nichts leid zu tun, Shea. Du machst nichts falsch. Verstehst du denn nicht? Ich will dich kennenlernen. Alles von dir. Das kann mir nicht gelingen, wenn du dicht machst und dich hinter Entschuldigungen versteckst."

„Shep…"

„Sprich mit mir, Liebling. Was ging in deinem Kopf vor sich, als du in Gedanken so weit weg warst? Was versteckst du vor mir? Ich weiß, wir kennen uns noch nicht lange, aber kannst du das denn nicht spüren? Diese Verbindung zwischen uns, die mehr bedeutet, als nur ein kurzer Blick?"

Sie schloss ihre Augen. „Ja, ich kann es spüren."

„Sieh mich an, Shea."

Sie sah ihn an und seine durchdringenden blauen Augen starrten tief in ihre.

„Sag mir, was passiert ist."

„Meine Mutter ist ein Miststück."

Er blinzelte so überrascht, dass sie fast losge-prustet hätte.

„Das war ein bisschen zu direkt", sagte sie.

„Ähm, ja, aber ich widerspreche dir nicht, wenn sie der Grund dafür ist, dass du eben so ausgesehen hast." Er zog sie zur Couch. „Erzähle mir mehr darüber."

Sie liebte es, wie er in ihrer Wohnung wirkte – seine Tattoos, sein waghalsiges Aussehen im Gegensatz zu ihrer adretten und förmlichen Inneneinrichtung. Er schaffte es, auf die bestmögliche Weise Schmutz ins Haus zu bringen.

Sie sank in die Polster wie schon zuvor, aber diesmal zog Shep sie sogar noch näher an sich heran. Die Hitze, die sein Körper ausstrahlte, fühlte sich gut an und sie sog sie in sich auf.

Oh ja, sie wollte das hier.

Sie wollte ihn.

Sie musste nur einen Weg finden, ihm das zu sagen.

„Naja, wie schon gesagt, meine Mutter ist ein Miststück. Egal, was ich als Kind oder sogar als Erwachsene getan habe, es war nie gut genug. Ich sollte von Geburt an eine Debütantin werden, die Personifikation des Namens Little, um unser Geld und unseren Einfluss zu nutzen und sogar noch mehr Geld und Einfluss zu gewinnen. Von frühester Kindheit an war mir klar, dass ich eine Schachfigur in den politischen Beziehungen und Machtspielchen meiner Familien darstellen würde. Ich wurde geboren, um gut verheiratet zu werden – an einen Mann, den man für mich auswählt – und ich sollte die bestmögliche Ehefrau werden, die ich nur sein könnte. Mir wurde nicht das Kochen beigebracht, sondern wie man Bedienstete herumkommandiert. Mir wurde nicht beigebracht, wie man putzt, sondern wie man in einem makellosen Haus lebt, um das sich andere Leute kümmerten."

Sie atmete tief ein, erfüllt von der Verbitterung, die sie immer zu verstecken versuchte.

Shep strich eine Haarsträhne aus ihrem Gesicht und sie lehnte sich in seine Berührung hinein. Sie brauchte ihn mehr, als sie zuzugeben wagte.

„Ich bin nicht diese Person, Shep. Ich habe versucht, nicht diese Person zu werden. Diese Wohnung hier? Ich habe sie selbst bezahlt. Sie ist klein, viel zu klein für meine Mutter, die mir das immer wieder vorhält. Es sind nur zwei Zimmer, aber sie passt wunderbar zu mir. Die Dinge, die du hier drin siehst? Sie sind alle von meiner Mutter. Ich konnte sie nicht davon abhalten, die Wohnung einzurichten, damit sie für ihre Begriffe wenigstens ‚anständig' aussah. Ich hab's versucht, aber sie hat es geschafft, hier einzudringen und alles zu dekorieren, als ich auf der Arbeit war."

„Scheiße, sie hat dir nicht einmal ein kleines bisschen von dir selbst hier drin erlaubt?"

„Wer bin ich, Shep? Du versuchst es für das Tattoo herauszufinden... und weil du es willst", fügte sie hinzu, als seine Augen schmal wurden, „aber weiß nicht mal, wer ich bin. Ich versuche, es herauszufinden. Ich *will* es herausfinden."

Sie hatte das Gefühl, als wäre ihr Brustkorb zugeschnürt, aber es wurde besser, sobald sie die Worte aussprach, die sie vorher nicht auszusprechen gewagt hatte.

„Ich will mehr als die Person sein, für die meine Mutter mich gehalten hat und die ich in ihren Augen nicht sein konnte... Ich weiß nur nicht, wie ich das erreichen kann. Und nein, ich habe dir nicht alles erzählt, was sie zu mir gesagt hat, nicht einmal alles von dem, was sie heute Morgen gesagt hat, aber ich bin bereit, meinen eigenen Weg zu gehen. Ich muss es."

Shep drehte sich so auf der Couch, dass er ihr gegenüber saß. „Verdammt, Baby. Ich will wissen, was deine Mutter gesagt hat und wie sie dich dazu gebracht hat, dich so zu verstecken, aber ich werde warten. Was deine Selbstfindung angeht? Mein Gott, du wunderbare Frau, dein wahres Ich scheint doch schon durch. Ich kann es kaum erwarten, dass du herausfindest, wer du bist, denn ich sehe diese Frau bereits und ich mag, was ich sehe."

„Wirklich?" Sie lächelte und mochte, dass er seine Worte so leidenschaftlich aussprach.

„Wirklich, Baby."

Sie rückte näher zu ihm und nahm sein Gesicht in ihre Hände. „Ich will heute Abend nicht ausgehen", platzte es aus ihr heraus.

Ein verletzter Ausdruck huschte über sein Gesicht, verwandelte sich dann jedoch in glühende Leidenschaft. Seine Augen verdunkelten sich und er lächelte langsam. „Ach, tatsächlich?"

„Tatsächlich."

Er strich mit einem Finger über ihre Wange und ihr lief ein wohliger Schauer über den Körper. „Was willst du denn heute Abend machen, Baby?"

Sie streichelte seinen Bart und genoss es, wie sich seine Stoppeln auf ihrer Haut anfühlten. Sie wollte wissen, wie sie sich auf anderen Teilen ihres Körpers anfühlen würden.

Sie fühlte, wie sie errötete und Shep lachte in

sich hinein, ein rauer Klang, der sie unglaublich antörnte.

„Du wirst ganz rot. Ich nehme mal an, dass du eine Vorstellung davon hast, was du heute Abend tun möchtest. Lass mich raten. Willst du zufällig, dass ich jeden Millimeter deines Körpers ablecke, an deinen Nippeln sauge und deine süße Muschi lecke und dich dann mit meinem Schwanz ausfülle?"

Sie schluckte schwer. „Das klingt nach einem ziemlich guten Plan", brachte sie krächzend heraus.

„Weißt du, was du zuerst möchtest?"

Wäre es zu viel, sich alles zu wünschen? Zu schamlos?

„Ich will alles. Sag mir einfach, was ich tun soll."

An der Art, wie er aufstöhnte, wusste sie, dass sie das Richtige gesagt hatte.

„Oh Gott, ja. Tu, was ich dir sage und du wirst kommen wie noch nie, Baby. Du wirst jede einzelne Minute lieben."

Sie rutschte auf dem Sofa herum. „Ich liebe es jetzt schon."

„Natürlich tust du das."

Shep presste seine Lippen auf ihre. Seine Zunge glitt die Linie zwischen ihren Lippen entlang und verschmolz dann mit ihrer. Sie stöhnte in seinen Mund und wollte, nein, *brauchte* mehr. Er knabberte und leckte sich an ihren Lippen entlang, küsste sich hinunter zu ihrem Kiefer und vergrub dann sein Gesicht in ihrem Hals. Sie wölbte sich und wollte beißen, saugen… irgendetwas tun.

Seine Hände berührten ihre Brüste durch ihr Oberteil und sie presste ihm ihren Körper entgegen.

„Magst du das?" Sie stöhnte nur, weil sie nicht mehr sprechen konnte.

„Ich werde deine hübschen Brüste ficken, Shea. Vielleicht nicht heute, aber bald. Sie sind mehr als nur eine Handvoll. Sie sind perfekt für meinen Schwanz. Ich kann es kaum erwarten, dabei zuzusehen, wie ich zwischen deinen Titten hin und her gleite, während du sie zusammenhältst. Vielleicht werde ich auch gleichzeitig in deinen Mund ficken, damit deine vollen Lippen an mir lecken und saugen können."

Herr im Himmel, der Mann beherrscht den Dirty Talk.

Sie kam fast, als sie ihm nur zuhörte.

Er stand auf und hob sie dabei hoch. „Komm, lass uns die Klamotten loswerden, damit ich dich sehen kann. Damit ich alles von dir sehen kann."

Sie schluckte hart. Sie schämte sich nicht für

ihren Körper, aber sie wusste, dass sie nicht die dünnste Frau war. Ihre Brüste waren straff, aber nicht so sehr wie früher, als sie jünger gewesen war. Als sie dreißig geworden war, hatte sich ihr Körper gerundet und eine reifere Form angenommen. Sie konnte nicht ewig gegen die Schwerkraft kämpfen, ohne ein paar Schlachten zu verlieren.

Shep hob ihr Kinn mit einem Finger an und zwang sie, ihm in die Augen zu sehen. „Schau mich an, Shea. Vergiss deine Zweifel. Du bist verdammt sexy, und ich will dich nackt sehen, verstehst du? Du bist schön, also hör auf zu glauben, dass du es nicht bist."

Sie lächelte und griff dann nach dem Saum ihrer Bluse, aber Sheps Hände legten sich auf ihre.

„Nein, lass mich das machen."

Er zog das Oberteil langsam über ihren Kopf und warf es dann hinter sich. „Verdammt, Shea. Wie viele Lagen hast du denn an?"

Sie lächelte über seinen genervten Ton. Anscheinend wollte er sie schnell nackt haben. Und sie wollte das auch.

„Nur dieses Trägertop, einen BH, meine Jeans und den Slip. Oh, und meine Stiefel und Socken."

Shep schüttelte nur den Kopf und neigte ihn dann, um ihre Lippen zu berühren. „Es macht mir nichts aus, Baby. Das macht die Spannung nur noch größer."

Shea stieß den Atem aus. „Noch mehr Spannung und ich gehe in Flammen auf."

„Oh, Süße, warte es nur ab."

Sie schluckte. „Genau das will ich nicht."

Er befreite sie aus ihrem Top und kniete sich vor sie hin. Er zog ihre Stiefel schneller aus, als sie es für möglich gehalten hätte, zog ihre Socken ab und schob dann ihre Jeans runter, sodass sie in ihrem BH und Slip-Set dastand.

Er blieb vor ihr knien, sein Blick unverhohlen gierig. „Ich muss sagen, Shea, ich liebe die rosa Schleifchen auf der schwarzen Spitze."

Sie wurde rot und neigte ihren Kopf. Sie trug gerne sexy Sachen unter ihren Outfits und nun, da sie den gierigen Blick auf Sheps Gesicht gesehen hatte, würde sie ganz bestimmt immer etwas für ihn tragen, das sexy war.

Zumindest unter ihrer Kleidung.

Seine schwieligen Finger glitten an ihrem Körper entlang, während er aufstand und sie näher an sich heranzog. „Gott, Shea, du bist so schön."

Er küsste sie, bevor sie antworten konnte und nahm ihr damit den Atem.

Seine Finger machten sich flink an ihrem BH zu

schaffen, bevor er ihn über seine Schulter warf. Ihre schweren Brüste sanken nach unten und ihre Nippel waren bereits kleine harte Spitzen.

Er strich mit dem Daumen über eine dieser Spitzen, zupfte daran und tat dann das gleiche mit der anderen. Sie wandte sich und wollte noch mehr.

„Schau dir nur deine Nippel an, Baby. Sie sind wie Beeren, bereit zum Saugen, bereit für meine Zunge." Er beugte sich vor, nahm eine in seinen Mund und tat es seinen Worten gleich.

Ihre Muschi zog sich zusammen, als sie stöhnte.

Verdammt, er fühlte sich so gut an.

Seine Zunge schnellte gegen ihren Nippel und dann biss er sanft zu. Der schockierende Schmerz ging so tief in sie hinein, dass sie ihre Beine aneinander rieb, weil sie sich nach Erlösung sehnte.

Er zog sich zurück und griff nach ihren Hüften. „Nein, das tust du nicht. Du besorgst es dir nicht selbst. Das ist meine Aufgabe. Mein Vergnügen."

„Shep."

Er machte wohl Witze.

Sie musste kommen.

Jetzt.

„Nein. Los, geh zur Couch rüber und setz dich mit gespreizten Beinen hin, Baby."

Sie atmete bei dem Befehl scharf ein, tat aber

wie befohlen. Je schneller sie folgte, desto schneller würde Shep sie kommen lassen. Herumtrödeln würde hier nicht helfen.

Sie sank in die Polster, errötete und spreizte ihre Beine, sodass er sehen konnte, wie durchnässt ihr Slip war. Sie konnte es ihm nun nicht verbergen.

„Gott, du bist so verdammt feucht. Ich kann das sogar durch deinen Slip sehen. Du willst das genauso sehr wie ich."

„Ich will es mehr", sagte sie und machte sich bereitwillig verletzlich.

„Oh, meine Süße, ich glaube nicht, dass das hier ein Wettbewerb ist, aber sagen wir, dass es unentschieden ist." Er sank immer noch völlig bekleidet auf die Knie, drückte sein Gesicht gegen ihre Spalte und atmete tief ein.

„Shep!" Sie versuchte, ihre Beine zu schließen und von ihm fortzukommen, aber er drückte ihre Oberschenkel mit seinen großen Händen weiter auseinander.

„Nein, Baby. Du riechst so verdammt süß. Ich kann es nicht erwarten, dich zu schmecken."

Er hakte seine Finger in die Seiten ihres Slips, zog ihn an ihren Beinen entlang und warf ihn auch über seine Schulter.

Der Mann gab sich wirklich die größte Mühe,

ihre Wohnung in kürzester Zeit in Unordnung zu bringen.

Alle Gedanken an eine saubere Wohnung und ihre Kleidungsstücke verabschiedeten sich, als Shep seinen Kopf senkte und einmal ausgiebig ihre Klitoris entlang leckte.

Ihr Hintern hob sich von der Couch und drückte ihre Hitze näher an sein Gesicht, aber er drückte sie wieder runter, ging zurück an die Arbeit, leckte, saugte und knabberte. Er leckte um ihre Klitoris herum, legte sie komplett frei und sog hart.

Ihr Körper erzitterte und ihre Beine waren wie betäubt, als sie auf seiner Zunge kam.

Ihre Arme kribbelten und ihre Spalte zog sich zusammen, weil sie noch mehr wollte.

Gott, der Mann war gut.

„Verdammt, Shea, du bist so schnell, so intensiv gekommen. Wow. Ich werde dich nochmal kommen lassen. Und nochmal. Verstanden?"

„Was auch immer du sagst", sagte sie mit rauer Stimme. Sie war viel zu sehr in ihrer Lust versunken, um wirklich zuzuhören.

Er machte damit weiter, was er zuvor getan hatte und leckte am Rand ihrer kleinen Schamlippen entlang, bevor er seine Hand so bewegte, dass seine Finger ihre feuchte, pochende Mitte fanden.

Er drang mit seinem Finger in ihre Spalte ein und fügte noch zwei weitere hinzu, während er an ihrer Klitoris saugte. Ihr Körper, bereits benebelt vom vorherigen Orgasmus, zitterte und verkrampfte sich, als sie sich wieder hochwölbte. Er fickte sie mit seinen Fingern und stöhnte in sie hinein. Sein Bart kratzte an der zarten Haut ihrer Schenkelinnenseiten, als sie kam. Die Empfindungen waren einfach zu viel für sie, um sich zurückzuhalten.

So war sie beim Sex noch nie zuvor gekommen.

Ganz zu schweigen von mehr als einmal.

Und dabei hatte sie ihn noch nicht einmal nackt gesehen.

Weiter so, Shep.

Nein… Weiter so, Shea!

Er zog sich zurück und küsste sich an ihrem Körper hoch, bis er ihren Mund fand. Ihre Glieder waren schwer, aber sie sammelte all ihre Kraft, um mit ihren Fingern in seine Haare zu greifen. Sie schmeckte sich selbst auf seinen Lippen, und das machte sie noch geiler.

„Das war atemberaubend", flüsterte sie.

„Du hast noch gar nichts gesehen." Shep stand auf und zog sich aus.

Ihr Blick wanderte gierig über seinen Körper. Er hatte breite Schulter, muskulös… perfekt. Tattoos bedeckten seins Arme, Oberschenkel und den Brustkorb. Sie sahen so verdammt geilt aus. Er hatte ein kleines Tattoo auf dem Hüftknochen, das sie später unbedingt lecken musste.

Ihr Blick blieb an dem Metall hängen, das ihn zierte und sie blinzelte überrascht. „Du bist hast Piercings."

Shep lachte in sich hinein und strich mit einer Hand über die Stäbe in seinen Nippeln. „Ja, und ich kann's kaum erwarten, dass du sie mit der Zunge spürst."

Ihr Blick wanderte tiefer. Sie musste schwer schlucken.

„Das ist ein Dydoe-Piercing", erklärte Shep. Er hatte zwei weitere Piercings an der Spitze seines Schwanzes. Im Vergleich zu seinem Penis waren sie nicht sehr groß, aber verdammt, das musste geschmerzt haben.

„Haben die nicht wehgetan?"

„Verflucht sehr, aber sie waren es wert. Du wirst schon sehen. Sie werden einen bestimmten Punkt in deiner süßen Muschi berühren und du wirst meinen Schwanz nicht mehr aus dir herauslassen wollen."

Sie biss sich auf die Unterlippe und wandte sich

auf der Couch. „Was wäre, wenn ich…" Sie errötete. Oh Gott. Sie hatte den Mund dieses Mannes gerade auf ihrer Muschi gehabt und doch konnte sie die Worte nicht herausbringen.

„Später, wenn ich deinen Mund ficke und du mit deiner hübschen kleinen Zungen meinen Schwanz hoch- und runterfährst, dann wirst du's sehen. Du hast kein Zungenpiercing, also ist es kein Problem, wenn du mir einen bläst, während ich die Piercings drin habe."

Sie blinzelte zu ihm hoch. „Und was, wenn ich ein Zungenpiercing haben möchte?" Nicht, dass sie je darüber nachgedacht hatte, aber sie wusste von anderen, dass Zungenpiercings umwerfende Blowjobs bedeuteten. Wenigstens hatte sie das Wort endlich denken können. Und wenn es stimmte, was sie dachte, und Sheps Piercings für sie waren, dann war es nur gerecht, sich bei ihm zu revanchieren.

Sie drehte sich wieder.

„Verdammt, Baby. Wenn du das tust, dann nehme ich meine heraus, wenn du mir einen blasen willst. Aber jetzt in diesem Moment? Jetzt will ich dich hart ficken, weil ich kurz vorm Bersten bin. Verstehst du?"

Oh, und wie sie ihn verstand.

Er zog sie hoch auf ihre Füße, hielt sie fest und

setzte sich aufs Sofa. Sie sah zu, wie er ein Kondom über seine ganze Länge rollte.

„Wo hast du das denn her?"

„Aus meiner Hosentasche. Wenn du meinem Schwanz nicht so viel Aufmerksamkeit geschenkt hättest, worüber ich mich absolut nicht beschwere, dann hättest du das gesehen. Spring auf und reite mich."

Sie lächelte und setzte sich rittlings auf ihn. Sein Schwanz strich gegen ihre Spalte, weswegen sie japste.

„Heilige Scheiße, Shea. Du bist so unglaublich feucht." Shep schaute ihr in die Augen. Sie hielt die Luft an und legte beide Hände hinter seinen Kopf auf die Lehne, um sich abzustützen. Sheps Hände umfassten ihren Hintern. Sie kneteten. Sie reizten.

Langsam, ohne den Blick auch nur eine Sekunde voneinander abzuwenden, rutschte sie auf seinem Schwanz hinunter. Sein großer Umfang dehnte sie, aber da sie gerade zweimal gekommen war, war sie unglaublich feucht und bereit für ihn.

Sie wiegte ihre Hüften leicht, als sie auf ihn sank, und er hielt den Atem an. Ja, das mochte er. Sie saß endlich komplett auf ihm und musste einen Moment innehalten, um sich an das Gefühl zu gewöhnen, ihn so tief in sich zu spüren.

„Das ist himmlisch, Shea. Verdammt himmlisch geil."

Sie war seiner Meinung, brachte aber kein Wort raus. Nicht in diesem Moment. Als sie wieder zu Atem gekommen war, bewegte sie sich und rutschte auf seinem Schwanz.

„Oh Gott", hauchte er.

Sie zog sich langsam hoch, rammte dann wieder runter und liebte es, sie beide gleichzeitig aufkeuchen zu hören.

„Mach das nochmal."

„Natürlich", flüsterte sie. Sie wiederholte die Bewegung wieder und wieder.

Shep behielt eine Hand auf ihrem Hintern, um ihr Gleichgewicht zu halten, während er mit der anderen Hand ihren Körper erforschte, ihre Brust umfasste und dann seinen Finger über ihre Klitoris gleiten ließ. Sie nahm ihren Blick nicht von Shep, auch wenn sie ihn liebend gerne mit geschlossenen Augen und mit zurückgeworfenem Nacken wie ein Cowgirl geritten hätte. Sie wollte diesen Moment mit ihm genießen.

Wollte ihm zeigen, was er in ihr auslöste.

Der Blick auf seinem Gesicht sagte ihr, dass er es wusste.

Sie beschleunigte das Tempo und fühlte, dass

ihre Spalte vor Anspannung enger wurde. Ihre Brüste wurden schwerer und ein Kribbeln lief ihren Rücken entlang.

„Komm, Shea. Lass uns gemeinsam kommen."

Sie brauchte keine weitere Motivation und kam intensiv, ohne ihr Tempo zu verringern. Sie fühlte, wie Shep tief in ihr im Kondom kam, während er ihren Namen schrie.

Sie schauten sich immer noch unablässig an.

„Lass uns das nochmal tun", hauchte Shea.

Shep bewegte seine Hüften und sie stöhnte. „Gib mir zwei Minuten und ich werde dich in deinem Bett ficken. Du bist dreimal gekommen, also werde ich die Arbeit übernehmen."

„Klingt gut", sagte sie gegen seinen Hals.

„Verdammt richtig."

Und er leistete wirklich die meiste Arbeit, als er sie ein paar Minuten später in ihrem Bett fickte.

Aber sie half mit.

Ein bisschen.

Kapitel 5

Shep stöhnte auf, als ihm die Bilder seiner Aktivitäten in der vorigen Woche durch den Kopf schwirrten. Er lehnte sich in der Duschkabine an, musste zu Atem kommen. Gott, er hatte letzte Woche entweder auf der Arbeit oder neben Shea verbracht.

Oder in Shea.

Oh ja, diesen Teil mochte er auch.

Er durfte nicht daran denken, wie sie diese kleinen Seufzer ausstieß und ihr ganzer Körper errötete, als sie sich auf seinem Schwanz wandte. Er musste zum Café gehen, um Austin zu treffen und mit einem Steifen wäre das nicht unbedingt gut.

Aber verdammt.

Erinnerungen an Shea auf ihren Knien, sein Schwanz, der gegen ihre Lippen tippte und ihre Finger in ihrer Muschi, als sie sich selbst fickte, schossen durch seinen Kopf.

Er nahm seinen Schwanz in die Hand und benutzte die Seife, mit der er gerade seinen Körper eingeseift hatte, um seine Länge hoch und runter zu gleiten. Er drückte fest und fickte härter in seine Hand, bevor er die Augen schloss und sich vorstellte, dass seine Hand Sheas warmer kleiner Mund war, dass jedes Drücken ein Saugen von ihr war, bei dem sich ihre Wangen nach innen zogen. Dass jede Berührung seines Daumens ihre Zunge auf seiner Eichel war, die herausschnellte, ihn leckte und kostete.

Shea gab verdammt gute Blowjobs und sie wusste das endlich. Diese Loser, mit denen sie zuvor zusammen gewesen war, wussten ja gar nicht, was für ein Juwel sie gehabt hatten. Oh ja, sie hatten gewusst, dass sie heiß aussah, denn das konnte man nicht bestreiten, aber so wie sie lachte und ihm einen blies, wollte er mehr von ihr.

Sie war wie für ihn gemacht.

Er schob seine Hüften vor, fickte seine Faust und stellte sich vor, wie sein Schwanz von Sheas hübschen Lippen umschlossen wurde und ihre Finger die weiche Haut zwischen ihren Beinen fanden.

Als er intensiv kam, warf er den Kopf gegen die Wand und sein Sperma schoss auf den Boden, bevor es in den Abfluss gespült wurde.

Heilige Scheiße.

Jetzt wichste er in der Dusche wie ein verdammter Schuljunge, der nicht regelmäßig fickte.

Shea würde noch sein Tod sein, aber was für ein toller Abgang das sein würde...

Als er mit dem Duschen fertig war, war sein Schwanz immer noch etwas hart, aber das schien normal zu sein, wenn er an Shea dachte, wenn er bei Shea war oder wenn er einfach nur atmete.

Er zog sich an und machte sich dann auf den Weg zu dem Café, wo er mit Austin verabredet war. Sein Cousin war vor zwei Tagen aufgetaucht, aber statt bei ihm zu bleiben, hatte er beschlossen bei einem anderen Freund zu übernachten.

Anscheinend wollte Austin ihm Zeit mit Shea geben.

Und er würde sie sich nehmen.

Austin saß auf der Terrasse unter einem der

beschirmten Tische, nippte an seinem Kaffee und hatte ein Grinsen auf dem Gesicht, das seine Abgespanntheit nicht verstecken konnte. Irgendetwas war mit seinem Cousin los, aber Shep wusste nicht, was er in dieser Hinsicht tun konnte, oder ob er überhaupt etwas tun sollte. Hoffentlich würde ihm der zweiwöchige Urlaub in New Orleans helfen.

„Wird auch langsam Zeit, dass du kommst", sagte Austin und nahm einen weiteren Schluck von seinem Kaffee, als Shep sich neben seinen Cousin setzte.

Er war todmüde, weil er nicht genug geschlafen hatte. „Übrigens, euer Kaffee ist verdammt unglaublich. In Denver gibt es viel frische Luft und gesundes Zeugs und ich liebe die Privat- und Mikrobrauereien, die Aussicht, alles. Ich würde das um nichts in der Welt eintauschen, aber hier unten ist der Kaffee dekadent. Der reinste Genuss."

Die Kellnerin kam, aber Shep hielt zwei Finger hoch. Shea würde sich bald zu ihnen gesellen und die Kellnerin wusste, was er mochte. Der kleine Rotschopf lächelte ihn an, ihre Augen sprachen eine eindeutige Einladung aus, woraufhin er nur lächelte und den Kopf schüttelte.

Sie ging fort, immer noch lächelnd, aber nicht mehr so strahlend.

„Sie hat dieses Wimperngeklimper und das Lächeln bei mir auch versucht", sagte Austin, als er sich in seinem Stuhl zurücklehnte. Das Tattoo auf seinen Schultern schaute am Kragen seines Hemds hervor.

„Und du hast dir das entgehen lassen? Du lässt nach."

Austin zog eine Augenbraue hoch. „Du auch. Außerdem ist es zu früh am Morgen für sowas. Wie alt ist sie denn? Zwanzig? Theoretisch könnte sie deine oder meine Tochter sein."

Shep stöhnte. „Gott. Warum zum Teufel musstest du das sagen? Jetzt fühle ich mich richtig alt. Ich habe mich nicht auf sie eingelassen, weil ich Shea habe. Ich werde sie mir garantiert nicht entgehen lassen und schon gar nicht für so etwas."

Er war still, als die Kellnerin zwei Getränke auf den Tisch stellte. Ihre Augen luden ihn immer noch zu mehr ein.

„Danke", sagte Shep in einem abweisenden Ton. Wenn sie den Wink nicht verstand, dann musste er es aussprechen. Wenn sie schon so rundheraus flirtete, dann sollte sie auch die Zeichen verstehen.

„Ich bin hier, falls Sie mich für irgendetwas brauchen. Egal was."

Sie klimperte mit den Wimpern und stolzierte mit schwingenden Hüften davon.

„Verdammt. Ich bin offiziell zu alt für so einen Scheiß."

Austin gab ein rostig klingendes Lachen von sich. „Gut zu hören, dass du Shea treu sein willst. Nicht, dass ich damit sagen will, dass du je untreu warst. So einen Scheiß mache ich auch nicht, aber es ist trotzdem schön, zu hören, wo das hinführt."

„Warum fragst du nicht einfach, was du gerade aus mir herauskitzeln willst?" Die Montgomerys mussten einfach immer über alles Bescheid wissen, das in der Familie vor sich ging und es war egal, dass Shep weit weg wohnte.

Er war trotzdem ein Teil der Familie.

Austin nahm noch einen Schluck. „Ist es ernst zwischen euch? Du wirst nicht jünger, weißt du?"

„Wir sind gleich alt, also hör auf, die ganze Zeit diesen Scheiß über Greise zu erwähnen. Und was Shea und mich betrifft?" Er lehnte sich zurück und dachte darüber nach. Er hatte ein paar ernste Beziehungen gehabt, aber nichts, wofür er zum Altar hatte eilen wollen oder sich die Frau schwanger vorgestellt hatte. Mit Shea? Mit ihr war es anders. „Ja, es ist ernst."

„Gut zu hören, Mann. Gut zu hören." Austins

Blick erhellte sich, als er über Sheps Schulter blickte. „Und da ist sie schon. Hey, Shea. Schön, dich wiederzusehen."

Sie hatte Austin getroffen, als er in New Orleans angekommen war. Er hatte sie einmal angesehen und dann verkündet, dass er bei einem anderen Freund bleiben würde.

Was für ein guter Kerl.

Shep drehte sich um und zog den Atem ein.

Ja, er war dabei, sich schnell in diese sexy Blondine im roten Kleid zu verlieben.

Wäre er ganz ehrlich gewesen, hätte er wahrscheinlich sogar zugegeben, dass er bereits in sie verliebt war, aber er wusste, dass sie dafür nicht bereit waren.

Noch nicht.

Das rubinrote Kleid schmiegte sich an ihre Kurven, war aber auf diese altmodische Art, die sie so liebte, bis zum Hals hochgeschlossen. Sie zeigte ihre Haut nur für ihn. Das Kleid endete kurz oberhalb ihrer Knie und diesmal trug sie flache rote Schuhe statt Absätzen.

Er hatte ihr gesagt, dass sie für ihr heutiges Date viel laufen würden, also hatte sie sich nur für ihn gekleidet.

Jap, er verliebte sich wirklich in sie.

Er stand auf und ging zu ihr rüber, weil er einfach nicht länger warten konnte und umschloss ihr Gesicht mit seinen Händen, um es zu sich zu ziehen. Ihre Lippen waren leicht geöffnet und er nahm das als Einladung, um sie zu küssen.

Verdammt, er liebte ihren Geschmack.

Er trat atemlos zurück und schaute in dieses sexy, errötete Gesicht hinab. „Hey."

„Hey", sagte sie grinsend zurück.

„Hey ihr beide", rief Austin hinter ihnen. „Jetzt setzt euch hin und hört auf, mitten auf der Straße miteinander rumzumachen. Euer Kaffee wird kalt und ich will Krapfen bestellen. Ich kann sie auch alle selbst essen."

Shep drehte sich um, legte einen Arm um Sheas Schulter und führte sie zu Austin. „Wenn du die alle alleine isst, dann ist deine zierliche Figur hin."

Austin strich mit der Hand über seinen flachen Bau und grinste. „Das wär's mir wert."

Shea lachte. Der Klang erfüllte seine Seele. Gott, diese Frau sollte häufiger lachen und er wusste, wo er anfangen musste, damit dies geschah.

Das Eis schmolz und das Feuer brannte.

Seine Shea war mehr als das, was ihre Mutter aus ihr machen wollte. Viel, viel mehr.

„Du hast mir einen Kaffee bestellt?", fragte sie.

Er küsste ihre Schläfe und ließ sich dann entspannt in seinen Stuhl sinken. „Ja, den Chicory, den du so liebst."

Sie lächelte und nahm einen Schluck. Der kleine Seufzer, der dabei ihrem Mund entschlüpfte, macht sich direkt in seinem Schwanz bemerkbar.

Aus dem Augenwinkel sah er Austin grinsen, aber er ignorierte den Bastard. Dieser kleine Seufzer war nur für Shep.

„Okay, was machen wir heute Morgen?", fragte sie, nachdem sie ihre Krapfen gegessen hatten.

„Also, ich muss noch ein bisschen arbeiten, wie ich dir schon gesagt hatte, und du meintest, dass du mitkommen würdest", antwortete Shep.

Sie lächelte strahlend, aber in ihren Augen zeigte sich ein Hauch Nervosität. „Ich will sehen, wie du arbeitest. Du weißt schon, um mich auf mein eigenes Tattoo vorzubereiten."

„Es ist gut, dass du dich damit vertraut machst, bevor du so etwas tust", fügte Austin hinzu. „Außerdem ist Shep verdammt gut, also bist du in guten Händen. Wenn ich davon nicht überzeugt wäre, dann würde ich mich selbst um dich kümmern."

Shep sah seinen Cousin stirnrunzelnd an. Er hatte den Eindruck, dass Austin über mehr als Tattoos sprach, aber er wollte vor ihr nicht darauf eingehen. Das war etwas, wofür er seinem Cousin später eine verpassen würde.

„Ich vertraue ihm vollkommen", sagte Shea und ließ Shep tief einatmen.

Verdammt, ja.

Endlich.

„Also, wohin bringst du mich nach deiner Arbeit?"

Shep grinste. „Zum St. Louis Friedhof."

Austin lachte laut auf, während Sheas Augen groß wurden.

„Ein Friedhof? Das ist deine Vorstellung von einer Verabredung?"

Shep zuckte mit den Schultern und gab ihr einen kurzen Kuss. „Du wirst begeistert sein. Versprochen."

„Ich grusele mich nicht gerne, Shep."

Er zog sie nah an sich. „Baby, es ist kein Vergnügungspark, wo man versucht, dich bei bestimmten Attraktionen zu erschrecken. Hier ist gibt es echte Geschichte. Wir gehen hin und schauen uns ein bisschen um. Wir werden etwas sehen, das wir normalerweise nicht sehen würden und dann gehen wir heim."

„Wo Shep dich ganz sicher aufwärmen wird, falls dir kalt wird", mischte sich Austin trocken ein.

„Halt die Klappe, Austin", blaffte Shep.

Shea lächelte zu ihm hoch. „Oh, tatsächlich? Wie genau wirst du mich aufwärmen?"

Er lehnte sich vor und biss in ihre Unterlippe. „Du Luder. Zwinge mich nicht, dir das im Detail vor Austin zu erzählen. Wir müssen los und ich will nicht mit einem Steifen tätowieren müssen."

Shea schnaubte auf. „Das wäre peinlich."

„Ähm, ja, vor allem, weil ich eine Sechzigjährige mit den Namen ihrer Enkel tätowiere." Ein kompliziertes Werk mit Maiglöckchen und Lavendel. Er freute sich richtig darauf – etwas, das schon lange nicht mehr vorgekommen war.

Sheas Augen wurden groß und dann warf sie ihren Kopf in den Nacken, als sie lachte. „Oh, du armer Kerl."

„Sei still, Weib." Er küsste sie hart und stand dann auf. „Ich werde dich dafür bestrafen, dass du mich ausgelacht hast."

Ihre Augen verdunkelten sich, während sie sich die Lippen leckte. „Ich bin sicher, dass du das wirst."

Scheiße. Das würde ein langer Tag werden.

SHEP SCHLOSS die Tür hinter ihnen und drückte Shea dagegen. Er wickelte ihr Haar um seine Faust, zog ihren Kopf zur Seite und vergrub sein Gesicht in ihrem Hals.

Sie wölbte sich gegen ihn und lachte. „Du hast gesagt, dass du mich aufwärmen würdest", sagte sie schwer atmend.

Er zog sich etwas zurück und stieß seine Erektion gegen ihre Mitte. „Oh ja. Hast du dich gefürchtet, als wir heute Abend unter den Toten gewandert sind?"

Sie versuchte, dichter an ihn heranzukommen, aber er presste sie gegen die Tür. „Ich will dich berühren."

„Antworte mir, Shea."

„Natürlich, aber du warst da, also war es nicht so schlimm. Jetzt halt mich einfach und dann mir geht's gut."

Er knurrte und drückte seine Hüften flach gegen ihre. „Ich werde dich halten, Shea. Vergiss das nicht. Ich lasse nicht los."

„Abgemacht."

Er lächelte und kniete dann auf dem Boden.

„Was tust du da?"

„Ich werde dich lecken, während du dein Bein um meine Schulter legst und dann werde ich dich gegen die Tür ficken. Okay?"

„Oh. Okay", krächzte sie und Shep lachte leise.

Er wusste, dass Shea seinen Kopf zwischen ihren Beinen mochte, seinen Kopf auf ihrer Muschi liebte. Sie war so stark gekommen, als er es letztes Mal getan hatte, also würde er es tun, wann auch immer er Gelegenheit dazu hatte.

Selbst, wenn das bedeutete, dass sein Schwanz zum Bersten gespannt war.

Er half ihr, die Schuhe auszuziehen und warf sie hinter sich. Wenn es Absatzschuhe gewesen wären, hätte er sie diese beim Ficken tragen lassen, weil das heiß war wie die Hölle. Das würde nächstes Mal passieren müssen.

Er zog ihren Slip aus und lächelte. Er liebte das kleine Dreieck aus hellblonden Haaren über ihrer Muschi. Eigentlich liebte er ganz einfach ihre Muschi.

Alles daran.

Er spreizte ihre Beine, legte sich eines davon um

seine Schulter, sodass sie sich mit dem anderen abstützen konnte und machte sich dann ans Werk. Er leckte um ihre Klitoris herum, ließ seine Hände über ihre Oberschenkel wandern und öffnete ihre Schamlippen, damit er die rosa, glänzende Spalte sehen konnte.

Oh, ja.

Er drang mit seiner Zunge in sie ein, dann mit seinen Fingern, dann wieder mit seiner Zunge. Er hörte sie keuchen, also passte er sein Tempo daran an und ließ sie nicht kommen, bis er fertig war.

Nicht, dass er je genug davon bekam, sie zu lecken.

Er saugte an ihrer Klitoris, während seine Finger in ihre empfindlichste Stelle hineinfanden und pressten. Sie verlor völlig die Beherrschung, als sich ihre Muschi um seine Finger spannte wie ein Schraubstock.

Während sie immer noch kam, wich er zurück, zog sich ein Kondom über und schoss in ihre Hitze, bevor sie auch nur aufatmen konnte.

„Scheiße, Shea, du bist so eng."

„Oh Gott, ich liebe es. Fick mich."

„Da ist mein unartiges Mädchen."

Er stieß mit seinen Hüften zu, während sie ihn mit ihren Beinen umklammerte. Shep griff ihren

Arsch und hielt sie so gegen die Tür. Er drückte sein Gesicht an ihren Hals, als sie wie wild an seinen Haaren zog.

Ihre Hüften trafen bei jedem Stoß so hart auf seine, dass die Geräusche durch den ganzen Raum hallten, aber es war ihm egal.

Er wollte sie.

Jetzt.

Sie keuchte leise und wurde noch enger, als sie kam. Er stieß ein letztes Mal in sie hinein, dann kam er gleich nach ihr und spritzte ins Kondom.

Er konnte es kaum erwarten, es endlich ohne Kondom mit ihr zu treiben.

Für ein paar Minuten standen sie einfach so da.

Sein Schwanz war immer noch so hart, als ob er nicht gerade erst gekommen war. Er war kein junger Mann mehr, aber verdammt, er wusste, dass er es sofort nochmal tun könnte, wenn Shea das wollte.

Er zog sich endlich aus ihr heraus und ließ ihre Füße den Boden berühren. Er verließ sie kurz, um das Kondom schnell in der Küche zu entsorgen und kam dann zurück.

Ihr Blick traf seinen und wanderte dann hinunter zu seinem Schwanz.

„Los, setz dich auf die Couch", befahl sie, als er eine Augenbraue hochzog.

„Shea…"

„Setz dich", wiederholte sie.

„Willst du mir etwa einen blasen?" Dafür wäre er definitiv zu haben.

„Ich gebe großartige Blowjobs, nur damit du Bescheid weißt." Shep lachte. Er liebte es, wie sie langsam einfach sagte, was ihr in den Sinn kam und dabei schmutzige Dinge von sich gab. Sie war so weit entfernt von der Shea, die er zuerst getroffen hatte.

Er zog seine restlichen Klamotten aus und zog Sheas Kleid runter. Sie machte einen kleinen Quieks, als er ihr lachend den BH auszog.

„Ich hatte vor, dich zu verwöhnen", sagte sie, während sie versuchte, streng zu klingen.

„Wenn du einen bläst, dann will ich, dass diese Titten frei hängen, damit ich mit ihnen spielen kann. Klingt das gut?"

Er sah, wie ihre Nippel hart wurden. „ Couch. Hinsetzen. Jetzt."

Er schlenderte mit seinem wippenden Schwanz zur Couch. Ah, das war der Himmel. Das pure Paradies.

Sobald er saß, war Shea da und kniete mit

einem gierigen Ausdruck zwischen seinen Oberschenkeln. Er kam nicht dazu, etwas zu sagen, weil sie seine Länge bereits in ihre Hand nahm und mit dem Massieren begann. Er war noch feucht vom Kommen, sodass sie seinen Schwanz ganz leicht hoch und runter gleiten konnte.

Sie lächelte ihn an, ihre Augen auffordernd und leckte den Schlitz auf seiner Eichel. Er atmete heftig ein, sah zu und fühlte, wie sie um die Piercings an der Spitze seines Schwanzes leckte. Sie saugte sich an seiner gesamten Länge entlang und rieb mit der Hand, wo ihr Mund nicht war. Ihr Mund wanderte zu seinem Sack. Sein Arsch hob sich von der Couch, als sich die Wonne erhöhte, weil sie eins seiner Eier in ihren Mund saugte, damit spielte und dann das Gleiche mit dem anderen tat.

„Oh, verdammt, du hattest recht. Du bist absolut atemberaubend beim Blasen."

Sie zog sich zurück und leckte ihre Lippen. „Und ich habe noch nicht mal richtig angefangen."

Er schluckte schwer, legte seine Hand auf den Ansatz seines Schwanzes, um stillzuhalten und streckte sein Kinn vor. „Ich warte, Baby."

Sie grinste, nahm die Spitze in ihren Mund.

Shea saugte ihn ein und er drehte fast durch. Es fühlte sich göttlich an.

Sie bewegte ihren Kopf hoch und runter, nahm bei jeder Bewegung mehr von ihm auf. Was sie nicht in ihren Mund bekam, hielt und massierte sie mit den Händen.

Er konnte nicht anders und wickelte ihre Haare um seine Faust, um an ihr zu ziehen. Sie ließ ihn mit einem lauten Plopp los und sah ihn stirnrunzelnd an.

„Ich war gerade beschäftigt."

„Ich werde deinen Mund ficken, Shea. Ist das okay?" Er wollte sie nicht verletzen.

Ihre Augen wurden groß, bevor sie nickte. Er senkte ihren Kopf zu seinem Schwanz und sie schluckte die Spitze und entspannte dann ihren Kiefer. Er hielt sie fester, damit sie sich nicht bewegte, als er seine Hüften langsam vor- und zurückschob. Der Anblick seines Schwanzes, der in ihrem Mund war, war so ziemlich das Geilste, das er je gesehen hatte.

Sie hielt ihren Mund weit offen, damit sie sich nicht an seinen Piercings verletzte. Wenn er es in Zukunft härter treiben wollen würde, müsste er sie rausnehmen.

Er fickte ihren Mund langsam und hielt sie an

den Haaren fest.

„Berühr dich, Shea. Mach's dir selbst."

Sie nickte mit seinem Schwanz in ihrem Mund und ließ eine Hand zu ihrem Bauch gleiten.

Er zog ihren Kopf zurück und änderte seine Stellung, damit er immer noch in sie hineinstoßen konnte, aber gleichzeitig sah, wie ihre Finger über ihre Muschi glitten. Ihre Finger waren nass und Shep kam fast bei dem Anblick.

Er fickte ihren Mund noch härter.

„Berühr deinen Kitzler, Shea. Kneif ihn." Sie stöhnte, als sie seinem Befehl folgte. „Zwirble und kneif deine Nippel, während du dir's mit den Fingern machst, Baby. Ich werde mich bald entladen, aber ich will, dass du zuerst kommst. Ja?"

Sie nickte mit Eifer in ihren Augen und Shep sah zu, wie sie mit sich selbst spielte.

Der Anblick war berauschend. Ihr Atem kam stoßweise, bis sie endlich aufstöhnte und ihre Augen schloss, als sie zum Höhepunkt kam.

„Entspann dich und schluck, Shea."

Ihr Blick traf auf seinen und sie nickte. Er stieß zwei weitere Male in ihren Mund und blieb dann dort, als sein Samen ihren Rachen herunterschoss.

Er ließ endlich ihre Haare los und zog Shea auf seinen Schoß, wo sie sich zusammenrollte und er mit seinen Händen über ihren Körper streichelte.

„Alles in Ordnung, Baby?"

„Hab mich nie besser gefühlt. Du?", flüsterte sie, ihr Gesicht in seinem Hals versteckt.

„Ich bin im Himmel, Shea. Im Fickhimmel."

Kapitel 6

Shea hätte schwören können, dass sich die Papierberge auf ihrem Schreibtisch übers Wochenende vermehrt hatten. Sie warf einen Blick auf die Stapel, die am Freitag noch nicht da gewesen waren und fluchte. Ihre Kollegen waren verrückt, wenn sie dachten, dass sie ihr Zeug in Ordnung bringen würde.

Ganz. Bestimmt. Nicht.

Früher hätte sie vielleicht nachgegeben und die Arbeit übernommen, aber nicht mehr.

Nicht, seit sie Shep hatte.

Naja, laut Shep war das alles ihr eigener Verdienst und er hatte nichts damit zu tun, dass sie sich endlich ein Rückgrat angeschafft hatte, aber sie würde ihm das mal abkaufen.

Er brachte sie zum Lächeln und dazu, sich zu verlieren und selbst zu finden, und all das in zwei Wochen.

Zwei Wochen.

Sie konnte nicht glauben, dass sie ihn erst seit zwei Wochen kannte. Es ergab keinen Sinn, dass sie in so kurzer Zeit fühlte, was sie für ihn fühlte, selbst wenn sie die Worte nicht aussprach.

Er brachte sie zum Lachen, führte sie zu den verrücktesten Dates aus. Musste man nicht total verrückt sein, um mitten in der Nacht zu einem Friedhof zu gehen, nur um ein bisschen mehr über seine Heimatstadt zu erfahren und sich aneinander zu kuscheln?

Die Erinnerung daran, wie nah sie sich gekommen waren – gegen die Tür gedrückt, auf dem Fußboden, im Bett, später in der Dusche, und noch später auf dem Frühstückstisch –, füllte ihre Gedanken aus.

Sie wurde so rot, dass sie die Hitze in ihren Wangen spüren konnte.

Oh ja.

Sie mochte es, wie er sie auf alle möglichen Weisen aufwärmte.

„Da bist du ja. Nun schau dir nur diese Unordnung an. Du hast einen perfekten Mann für das hier verlassen? Für dieses Elend? An den Stapeln auf deinem Tisch sieht man doch gleich, dass du mit der Arbeit nicht zurechtkommst. Du bist nicht einmal gut in dem Beruf, für den du deine Familie verlassen hast, oder? Gott, wozu taugst du überhaupt?"

Shea erstarrte bei den herzlosen Worten ihrer Mutter.

Was zum Teufel wollte die Frau hier? Sie war nie zuvor in Sheas Büro gewesen. Ihr Arbeitsplatz lag tief unter der Würde einer Frau wie ihrer Mutter – etwas, was Shea insgeheim immer geliebt hatte, da ihr das normalerweise eine Pause von der Königin der Miststücke verschaffte.

„Mutter?", keuchte sie und die Hitze, die ihr bei den Gedanken an Shep ins Gesicht gestiegen war, verschwand schneller als bei einem Sprung in den Arktischen Ozean.

„Natürlich bin ich es. Wer sollte es denn sonst sein? Kommt sonst noch eine Frau hier rein und weiß, was ich weiß? Natürlich enttäuschst du andere Menschen genauso wie mich, aber denk immer daran, dass du niemanden jemals so tief enttäuschen wirst wie mich."

Shea hatte genug.

„Was ist dein Problem, Mutter? Was habe ich je

getan, um deine Verachtung zu verdienen? Du hast schon auf mir herumgehackt, als ich ein kleines Mädchen war. Nein, du hast mir gegenüber nie die Hand erhoben. Das hätte nicht zu deiner guten Abstammung gepasst. Und doch hast du mich nie für gut genug gehalten. Du hast immer nur Fehler an mir gefunden. Sag mir, Mutter, was habe ich getan?"

Ihre Mutter erstarrte und ihr Mund stand offen wie bei einem Fisch, bevor sie ihn zu einer schmalen Linie verzog. „Was du getan hast? Nichts!" Sie warf ihre Hände in die Höhe. „Nichts. Du bist schon immer eine nutzlose Blutsaugerin gewesen. Ich habe getan, was ich nur konnte, um dir deinen Platz in unserer Gesellschaft zu sichern. Ich habe die ideale Heirat geplant und schau, was du getan hast. Du hast alles weggeworfen. Wofür? Für einen tätowierten Gangster, der es nicht mal verdient hätte, mir die Pumps zu lecken."

Ihre Mutter wusste von Shep?

„Woher weißt du über meinen Freund Bescheid? Sprich nicht so über ihn. Du kennst ihn nicht."

„Ich weiß alles über ihn, Liebling. Verstehst du denn nicht? Ich weiß alles. Es braucht nur ein bisschen Geld und einen Schubs in die richtige Richtung und ich weiß alles. Ich weiß, dass du dich in der Stadt herumtreibst wie ein gewöhnliches Flittchen. Er kann dich nicht mal zu richtigen Rendezvous ausführen. Er führt dich an Orte wie Friedhöfe. Mein Gott. Der Kerl riecht nur so nach Axtmörder und du hüpfst mit ihm herum? Nein. Das hört jetzt auf, mein Liebling."

„Du hast mir jemanden hinterhergeschickt?" Shea nahm gar nicht erst an, dass ihre Mutter ihr gefolgt war. Ihre Mutter würde sich um nichts in der Welt dazu herablassen, die Arbeit selbst zu erledigen. Shea war überrascht, dass die Frau sich überhaupt die Zeit genommen hatte, sich hierher zu begeben.

Sie musste irgendein Ass im Ärmel haben.

Angst kroch an ihrem Rückgrat entlang. Sie reckte ihr Kinn und wappnete sich.

„Natürlich habe ich das, Shea. Ich habe nie damit aufgehört. Du glaubst, dass du die Familie verlassen hast, aber das hast du nicht. Wir haben dich eine Pause einlegen lassen, damit du dich selbst findest, aber es ist jetzt an der Zeit, dass du zurückkommst. Verständlicherweise war Richard aufgebracht, weil du nicht zum Brunch erschienen bist, aber er ist immer noch gewillt, dich zurückzunehmen. Natürlich entschädigen wir ihn für seine Mühen. Das gehört sich so."

Shea blinzelte schockiert. „Du bezahlst ihn dafür, dass er mich heiratet? Wir leben doch nicht in einem Jane-Austen-Roman. Ich brauche keine verfluchte Mitgift."

„Pass auf, was du sagst und bleib höflich. Richard wird dir das mit Schlägen austreiben müssen, wenn das so weitergeht."

Hatte ihre Mutter wirklich gerade gesagt, dass sie von ihrem Möchtegern-Ehemann geschlagen werden würde? Gottverdammt, die Frau war unzurechnungsfähig.

„Mutter—"

Ihre Mutter hob die Hand und schnitt ihr damit das Wort ab. „Nein, ich will deine Ausreden nicht hören. Du wirst diesen Job unverzüglich aufgeben. Du hast mir schon gezeigt, dass du mit der Arbeit nicht Schritt halten kannst. Schau dir nur deinen unordentlichen Schreibtisch an. Eine wahre Little-Frau hätte sich wenigstens in ihrem gewählten Beruf hervorgetan. Du hast nicht einmal das geschafft."

„Das ist nicht meine Arbeit. Ich bin großartig in dem, was ich tue. Hör auf, mich niederzumachen."

Ihre Mutter sah sie mit schmalen Augen an.

„Ich mag deine neue Attitüde nicht. Als du deine Familie verlassen hast, hast du das wenigstens mit gesenkten Augen getan, wie sich das für so eine kleine Schlampe gehört. Aber nun? Dieser tätowierte Gangster ist wohl schuld daran. Er hat dir Flausen in den Kopf gesetzt. Du bist nichts, Shea. Dieser Schlägertyp ist sogar noch weniger wert als du. In einer anderen Welt wärt Ihr zwei wie geschaffen für einander. Aber hier und jetzt? In dieser Welt bist du nichts. Du wirst für die Familie benötigt und wir werden dir nicht erlauben, dass du weiterhin deine Pflichten vernachlässigst. Ich dulde das nicht.“

Wut raste durch ihren Körper. „Du duldest das nicht? Was denkst du, wer du bist? Du bist nicht meine Mutter. Du bist nur ein zänkisches Miststück, das nicht kapiert, dass es keine Kontrolle über mich hat. Lass mich in Ruhe. Verstehst du nicht, dass ich ohne meine Familie glücklicher bin? Hast du gemerkt, dass du Papas Namen noch kein einziges Mal erwähnt hast? Warum? Ist es ihm egal, ob es so oder anders läuft? Es war ihm immer egal, Mutter. Mir ist es auch egal. Lass mich einfach in Frieden.“

Ihre Mutter zuckte zusammen, als Shea ihren Ehemann erwähnte.

Volltreffer.

Aber leider fühlte Shea sich dadurch nicht besser.

„Lass deinen Vater aus dieser Sache raus. Für ihn warst du auch nie gut genug. Du bist der Grund, weshalb er alles ignoriert. Du!"

„Was auch immer du sagst, Mutter. Nun geh bitte. Ich bin müde und muss arbeiten. Danach werde ich mich mit Shep treffen, denn ich bin zweiunddreißig Jahre alt und weit über das Alter hinaus, in dem ich mir von meiner Mutter Vorschriften machen lasse. Besonders, wenn sie nichts als Gift und Galle spuckt. Ich bin fertig."

Die Lippen ihrer Mutter wurden sogar noch schmaler. Wenn diese Frau nicht aufpasste, dann hätte sie bald keine Lippen mehr zum Zusammenpressen.

„Das kannst du versuchen, Shea. Oh, du kannst es ganz sicher versuchen, aber wenn du Richard heute Abend nicht zum Abendessen triffst und seinen Antrag annimmst, dann ruiniere ich diesen Schlägertypen und alles, was er anrührt."

Shea erstarrte. „Was zum Teufel meinst du damit?"

„Fluche nicht."

„Fick dich! Ich fluche, wann ich will!", schrie sie. „Sag mir, was du meinst. Du kannst Shep nicht wehtun. Er hat keine Bedeutung für dich. Er gehört nicht zu deinen Kreisen und ich danke Gott dafür", zischte Shea.

Ihre Mutter reckte ihr Kinn. „Oh ja, er gehört eindeutig nicht dazu. Er wird nie dazugehören. Er ist einfach nur Abschaum ohne einen Universitätsabschluss, der das tut, was Häftlinge in Gefängniszellen tun."

„Sheps Kunst ist brillant. Du weißt gar nichts über ihn. Hör auf, ihn schlecht zu machen."

„Er ist ein Niemand. Mit ein paar Anrufen kann ich Midnight Ink, diesen Zufluchtsort der Huren, schließen lassen. Ich werde dafür sorgen, dass er nicht mal mehr mit Kreide auf der Straße malen kann, ohne dass ihn die Polizei für irgendein Verbrechen verfolgt. Ich werde ihn vernichten, Shea. Glaub bloß nicht, dass ich das nicht tun werde. Und wenn du dich immer noch weigerst, dich von ihm fernzuhalten, dann werde ich auch Montgomery Ink in Denver ruinieren. Ich werde sie alle in den Ruin treiben."

Shea wurde übel, als sie sah, wie entschlossen die Augen ihrer Mutter blitzten.

Galle stieg in ihren Mund und sie zwang sich dazu, ihr Zittern zu beherrschen.

Gott.

Wer war diese Frau?

„Das… das kannst du nicht machen." Selbst in Sheas Ohren klang ihre Stimme schwach.

Natürlich konnte ihre Mutter das machen. Die Frau lebte für solche Dinge, hatte mithilfe von Geld und Familie überall Verbindungen geschaffen.

Shep hätte wirklich alles verlieren können, weil ihre Mutter ein egoistisches, rachsüchtiges Weibsstück war.

Gottverdammt.

„Du weißt, dass ich das kann, Shea. Du weißt, dass ich ihn unter meiner Schuhsohle zerquetschen kann, ohne auch nur zu blinzeln und es würde mir auch noch Spaß machen."

Shea schluckte schwer. „Warum? Warum willst du das tun?"

„Wir brauchen Richards Familie", zischte ihre Mutter. „Wir mögen zwar Geld und Macht in diesem Bundesstaat haben, aber Richards Familie hat all das im ganzen Land. Zusammen können wir noch weiter kommen. Du weißt, dass Richard politische Ambitionen hat. Wenn er dich an seiner Seite hat, wird unsere Familie für Generationen ganz oben sein. Man wird sich an uns erinnern. Auf ewig."

Die Frau musste verrückt sein.

Ganz offiziell wahnsinnig.

„Wenn du ihn nicht verlässt, dann sorge ich dafür, dass er alles verliert, Shea. Du hast bis heute Abend Zeit."

Mit diesen Worten drehte sie sich auf ihren teuren Absätzen um und ließ Shea allein in ihrem Büro stehen.

Allein und gebrochen.

Shea taumelte, ihre Füße trugen sie kaum, als sie an ihren Schreibtisch stieß. Ein Papierstapel fiel zu Boden, aber sie beachtete ihn nicht.

Was sollte sie nur tun?

Das durfte nicht wahr sein. Ihre Mutter konnte nicht einfach so in ihr Leben herein stolzieren und sich die Kontrolle zurückholen, die sie so lang gehabt hatte.

Shea schloss ihre Augen und die Tränen, die sie zuvor nicht bemerkt hatte, fielen schneller.

Sie würde Shep verlieren.

Um sicherzustellen, dass sein Leben so blieb, wie er es kannte, um sein Glück zu sichern, würde sie ihn verlieren.

Ihre Arme wurden taub und ihr Brustkorb kribbelte.

Gott.

Sie konnte ihn nicht verlieren. Sie hatte ihn doch gerade erst gefunden.

Sie war ihrer Mutter mit hoch erhobenem Kopf gegenübergetreten und es war alles umsonst gewesen. Ihre Mutter hatte immer die Oberhand, immer ein Ass in ihrem Ärmel. Und diesmal war dieses Ass die Garantie für das Ende des Lebens, das Shea sich mit dem Mann, den sie liebte, hatte aufbauen wollen.

Egal, wie sehr sie dagegen kämpfen würde, ihre Mutter würde erbitterter kämpfen, um Shea für die Fehler und Missetaten zu bestrafen, die sie nie begangen hatte.

Diese Art Frau war ihre Mutter.

Shea wusste nicht, wie sie sie besiegen konnte.

Oh, sie hatte zwar gelernt, für sich selbst zu kämpfen und sie würde für Shep bis ans Ende Welt gehen, aber warum riskieren, dass Shep Schaden erlitt, wenn sie wusste, dass sie nicht gewinnen konnte?

Nein, sie konnte das nicht tun.

Sie würde es müssen, damit er ohne sie leben konnte.

Sie würde Richard heiraten und daran komplett zerbrechen.

Sie würde alles für Shep tun.

Selbst, wenn sie ihn verlassen musste.

Sie räumte den Papierstapel auf, den sie auf den Boden geworfen hatte und legte ihn auf die anderen Stapel, die sie den anderen Buchhaltern überlassen würde.

Verdammt, sie gab tatsächlich auf.

So eine Frau hatte ihre Mutter also aus ihr gemacht. Eine Frau, die sie so sehr nicht hatte sein wollen.

Sie hasste sie.

„Shea? Ich habe Kaffee mitgebracht."

Der Klang von Sheps Stimme ließ sie auffahren und sie ließ die Blätter, die sie in der Hand hielt, auf den Boden fallen. Sie fluchte wieder – insgeheim erinnerte sie sich, dass das aufhören musste, wenn sie mit Richard verheiratet war – und bückte sich, um sie aufzuheben.

„Oh, tut mir leid, Baby. Ich wollte dich nicht erschrecken. Komm, ich helfe dir."

Aus dem Augenwinkel sah sie, wie Shep zwei Kaffeetassen und irgendeine Tüte mit undefinierbarem Inhalt abstellte und zu ihr lief.

Sie musste sich wegdrehen.

Es schmerzte zu sehr, ihm gegenüberzustehen.

Sie würde sich einfach davonschleichen müssen wie der Feigling, der sie war.

„Ich kriege das schon hin. Ich bin im Moment ziemlich beschäftigt. Du kommst zu einer ungünstigen Zeit." Ihre Stimme war genauso eisig wie vorher, als sie zum ersten Mal ins Tattoo-Studio gekommen war und den Mann erblickte, in den sie sich verliebt hatte.

„Hey, was ist los? Stimmt etwas nicht?" Er legte eine Hand auf ihren Ellbogen und drehte sie zu sich. Sie senkte den Kopf, weil sie es nicht schaffte, ihm in die Augen zu schauen. „Sprich mit mir."

„Du musst gehen, Shep", zwang sie sich zu sagen. In ihrem Mund stieg schon wieder die Galle hoch.

Er hob ihren Kopf, indem er einen Finger unter ihr Kinn legte. „Warum, Shea? Warum muss ich gehen?"

„Du... du musst gehen. Es hat Spaß gemacht, aber ich muss wieder zurück in mein altes Leben. Ich habe meine Meinung über das Tattoo geändert. Ich will es nicht mehr. Ich will dich nicht mehr."

Sie hielt ihre Tränen zurück, der Schmerz unerträglich.

Schmerz huschte über Sheps Gesichtszüge, doch dann wurde sein Ausdruck bewusst neutral. „Was?"

„Ich... ich kann nicht mehr mit dir zusammen

sein. Wir sind so unterschiedlich. Du bist so… du. So lebendig. So… Midnight Ink. Ich bin aus Eis. Ich war schon immer aus Eis und ich werde es immer sein. Du musst jetzt gehen. Shep."

„Was, verdammt noch mal, redest du da, Shea?"

„Du musst gehen, Shep. Wir können nicht mehr zusammen sein. Es ist vorbei."

Er sah auf sie herunter und er hatte den gleichen Ausdruck wie damals, als sie zum ersten Mal nach einem Tattoo gefragt hatte.

„Nein."

Kapitel 7

„Nein", wiederholte Shep und hielt seine Wut und Angst zurück. „Nein, das kannst du nicht tun."

„Nein? Warum sagst du das immer wieder? Du kannst nicht einfach nein sagen und bekommen, was du willst." Ihre Unterlippe zitterte und Sheps Kiefer verkrampfte sich. Etwas ging hier vor, das mehr war als nur Bindungsangst, oder was auch immer er anfangs vermutet hatte.

Nein, das war etwas Schlimmeres.

Shea hatte vor irgendetwas Angst und er würde sich selbst verfluchen, wenn er es deshalb jetzt zu Ende gehen lassen würde.

„Ich habe im Studio nein gesagt, weil du keine verdammte Ahnung hattest, was du auf deinem

Körper haben wolltest, Shea. Das ist für immer. Es ist kein verdammtes Kleid oder so ein Mist."

Ihr Kopf zuckte zurück, als ob er sie geschlagen hätte und er atmete tief durch die Nase ein. *Scheiße!* Er hatte nicht auf sie losgehen wollen, aber er war einfach so verflucht wütend, weil sie ihn verlassen wollte.

Er hatte noch nie zuvor eine ernsthafte Beziehung gewollt, doch jetzt wollte er eine.

Mit Shea.

Sie durfte nicht gehen.

Nicht, wenn er wusste, dass sie das Gleiche wollte.

Oder zumindest gewollt *hatte*.

„Ich weiß, dass ein Tattoo etwas anderes ist als ein Kleid oder ein Paar Schuhe, Shep. Ich bin keine Idiotin, also behandle mich nicht so."

„Dann behandle du mich nicht wie einen Idioten, indem du mich anlügst. Du verlässt mich, weil du mit mir fertig bist? Scheiß drauf. Du lügst. Jetzt sag mir, was zum Teufel los ist."

Sie schluckte schwer und sein Blick folgte den langen Linien ihres Halses. „Ich bin fertig mit dir, Shep. Ich will das nicht." Ihre Stimme brach, aber sie ließ nicht zu, dass die Tränen in ihren Augen überflossen. „Geh einfach. Bitte."

Er umfasste mit beiden Händen ihr Gesicht. Als sie versuchte, sich zurückzuziehen, hielt er stärker fest. Nicht genug, um ihr weh zu tun, aber genug, um ihr zu zeigen, dass er sie nicht gehen lassen würde.

Nicht ohne eine Erklärung.

Vielleicht niemals.

„Du kannst mich nicht verlassen, Shea. Nicht, wenn ich weiß, dass du mich aus Angst verlässt. Wenn du mich nicht mehr wollen würdest, dann würde ich das wissen. Du würdest dann nicht fast zusammenbrechen. Irgendetwas hat dir Angst gemacht. Was ist es, Baby?"

Sie schloss ihre Augen. „Lass mich gehen, Shep. Ich… ich kann das nicht tun. Ich kann nicht zulassen, dass man dir wehtut."

Wehtut?

„Erzähl es mir, Shea."

„Ich kann nicht."

„Geht es um deine Familie?" Sie öffnete ihre Augen und nickte. Okay, er kam langsam näher an die Sache heran. „Du bist nicht deine Familie, Shea. Du bist nicht der Mensch, den deine Mutter aus dir machen will." Sie zuckte zusammen. „Baby, du bist so verdammt viel mehr. Du bist wie ein frischer Wind und so unglaublich, dass ich jede einzelne

Faser deiner Seele finden und mich darin einwickeln will. Ich liebe dich so verdammt sehr, Shea. Siehst du das denn nicht?"

Ihr Atem beschleunigte sich. „Sag das nicht, Shep. Das kannst du nicht ernst meinen."

„Hör auf. Du kannst mir nicht sagen, was ich fühle. Ich liebe dich. Ich habe noch nie jemanden geliebt, der nicht zu meiner Familie gehört, also erzähle mir nicht, dass es nicht stimmt. Ich liebe dich, verdammt noch mal."

„Du bist derjenige, der mir sagt, was ich fühle!"

„Weil du dich selbst belügst! Shea, du bist nicht der Mensch, für den dich deine Familie hält oder der du ihrer Meinung nach sein solltest. Du bist nicht der Mensch, für den du dich hältst."

Sie seufzte.

Er war nah dran.

„Ich will dich, Shea. Ich will alles. Ich will die Frau, mit der ich an all den Abenden ausgegangen will. Ich will die Frau in dem züchtigen Kleid und den Fuck-me-Pumps. Ich will alles."

„Shep."

„Nein, lass mich ausreden. Ich will, dass du dieses Tattoo bekommst. Ich will deinen Körper mit deiner Seele brandmarken. Mit mir. Ich will, dass du dich selbst anschaust und weißt, dass ich dich liebe." Ihre Tränen flossen über. „Baby, will ich dein Zeichen auf meinem Körper. Ich will, dass du mich ansiehst und weißt, dass ich dich liebe."

„Shep."

„Ich will alles, Shea."

Sie zog sich zurück und versuchte, um ihn herumzugehen, aber er schlang seine Arme um ihre Mitte und zog sie so nah an sich heran, dass ihr Rücken gegen Bauch presste. Er drehte ihren Kopf und drückte seine Nase gegen ihre, als er einatmete.

„Baby, sag mir, was los ist."

„Ich kann nicht." Ihre Stimme zitterte, was ihm das Herz brach.

„Baby, hab keine Angst. Ich bin da, um dich aufzufangen, auch wenn du stark genug bist, um das allein zu schaffen. Du musst nur daran glauben."

Stille, dann ein geflüstertes: „Ich… ich bin nicht stark genug. Ich bin f-feige." Die Tränen flossen nun noch mehr und er drehte sie herum, um sie an sich zu drücken.

Er strich mit einer Hand über Rücken, während er ihr beruhigend seine Liebe beteuerte.

„Baby, sag mir, was passiert ist."

„Meine Mutter", flüsterte sie mit lebloser Stimme.

Sheps Griff wurde fester. „Deine Mutter?" Was zum Teufel hatte dieses Miststück nun angestellt?

„Sie…" Shea hielt inne, atmete tief ein und hob ihr Kinn, bis sie seinen Blick fand. „Sie hat gesagt, dass sie dich vernichten wird, wenn ich weiter mit dir zusammen bin."

„Mich vernichten? Was zum Teufel? Glaubt sie, dass wir hier in einem zweitklassigen Mafia-Film sind?"

Shea schüttelte ihren Kopf. „Du verstehst das nicht. Meine Familie hat Beziehungen. Nein, keine Beziehungen zur Mafia oder so." Sie verstummte kurz. „Eigentlich weiß ich nicht, ob das stimmt. Aber Fakt ist, dass sie Geld haben. Sehr viel Geld. Mutter setzt dieses Geld ein, um zu bekommen, was sie will."

„Und diesmal will sie uns auseinander bringen."

Shea biss auf ihre Unterlippe. „Das und noch mehr."

„Warum gefällt mir das ‚noch mehr' nicht?"

„Sie will, dass ich meinen Job aufgebe und heute Abend Richard treffe."

„Richard… Dein ehemaliger-Verlobter-Richard?"

„Genau der. Sie sagt, dass sie ihn dafür bezahlt,

mich zu heiraten. Sie hat mich verkauft, um für die Familie mehr Einfluss zu gewinnen."

Er umarmte sie fester. „Baby. Ich liebe dich, aber ich will deine Mutter ernsthaft umbringen."

„Stell dich hinten an", murmelte sie.

„Sag mir, was sie gegen dich in der Hand hat, dass du diese Sache überhaupt in Erwägung ziehst, Shea. Ich kenne dich, Baby. Du hast deine Familie verlassen und doch gehst du zu ihnen zurück?"

„Wie gesagt, sie wird dich vernichten."

„Wie denn? Süße, sie kennt mich doch nicht einmal. Wie kann sie mich vernichten?"

„Sie wird Midnight Ink schließen lassen und dafür sorgen, dass du nicht mehr arbeiten kannst. Dann wird sie deiner Familie oben in Denver schaden. Austin und allen anderen. Shep, sie hat solche Sachen früher schon gemacht. Die Lehrerin, die ich in der dritten Klasse hatte, wurde gefeuert und ihr wurde die Lehramtszulassung entzogen, weil sie sich gegen meine Mutter gestellt hatte, als meine Mutter wollte, dass ich andere Aufgaben erledige als die Kinder, deren Eltern weniger Geld hatten als wir."

„Gott. Sie ist so ein verfluchtes Stück Scheiße. Wie zum Teufel ist ihr das gelungen?"

„Ich weiß es nicht. Geld löst viele ihrer

Probleme. Shep, ich will nicht, dass du alles verlierst. Ich kann das nicht zulassen."

Er küsste sie hart und als er sich zurückzog, sah sie ihn mit dunklen Augen an.

„Nein. Das wird sie nicht schaffen. Scheiß drauf. Kann sein, dass sie Leute kennt, aber die Leute bei Midnight Ink sind gerissener als sie. Sie kann mich mal. Meine Familie hat auch Einfluss, Baby. Nicht den gleichen wie sie, aber genug, damit sie uns nicht schaden kann. Ich werde eine Möglichkeit finden, damit wir in Sicherheit sind, Baby. Du kannst nicht vor mir weglaufen, um mich zu beschützen. Verstanden?"

„Shep, ich werde nicht zulassen, dass sie dir wehtut."

„Nun, du kannst das nicht bestimmen."

„Du sagst immer, dass ich selbständig sein und für mich kämpfen soll. Genau das mache ich gerade."

„Nein, du kämpfst meinen Kampf und zwar ziemlich beschissen."

„Ach, fick dich!"

Shep warf seinen Kopf in den Nacken und lachte.

„Das ist nicht zum Lachen, Shep."

„Gott, Baby, du hast mir gerade gesagt, dass ich

mich ficken soll. Du, die Frau die nie schmutzige Wörter sagt, außer wenn ich tief in ihr stecke."

Ihre Haut errötete langsam. „Hör auf, darüber zu reden."

„Baby, du bist schön, wenn du kommst. Du bist jeden Tag schön. Du wirst mich nicht verlassen, weil deine Mom ein Miststück ist. Ich rufe ein paar Kerle im Midnight an und sorge dafür, dass die Sache klar geht. Sie ist nicht so mächtig, wie sie glaubt. Wir bewegen uns nicht auf so hohen Machtebenen. Wir sind unten und schmutzig. Sie kann unser Spiel nicht spielen."

„Versprichst du das?", fragte sie mit einer so hoffnungsvollen Stimme, dass sich sein Herz verkrampfte.

„Ich verspreche es. Verlass mich nicht, Shea."

„Ich wollte es nicht. Ich will bei dir bleiben. Ich will dich und alles, was das mit sich bringt." Der letzte Teil war geflüstert.

„Gott, ich liebe dich so sehr." Er küsste sie wieder hart und lehnte sich dann zurück. „Willst du mir auch irgendetwas sagen?", neckte er sie.

Sie lächelte. Die Tränen in ihren Augen kamen nun vom Glück, nicht von den Schmerzen, die sie zuvor durchlitten hatte. „Ich liebe dich so sehr."

„Verdammt richtig, Weib. Sag mir, ist das Büro heute leer?"

Shea runzelte die Stirn. „Ja, ich bin heute alleine, warum?"

„Weil ich dich jetzt auf deinem Schreibtisch vögeln werde, während du diese hübschen rosa High Heels trägst. Hast du ein Problem damit?"

Ihre Augen wurden dunkler und sie drehte sich in seinen Armen. „Shep…"

„Hast du ein Problem damit?", wiederholte er.

„Nein", flüsterte sie.

„Gut. Zieh deinen Slip aus, Shea."

Sie schluckte. „Nicht den Rock und die Bluse?"

„Ich will, dass du angezogen bleibst. Klingt das nicht gut? Wir sind beide angezogen, während ich dich ficke und wenn du dann zurück an die Arbeit gehst, riechst du nach mir."

Sie nickte und schob ihren Slip runter.

Was für ein Anblick.

Oh Mann.

Er öffnete seine Jeans, holte seinen Schwanz heraus und zog das Kondom aus seiner Gesäßtasche – seit er Shea kannte, hatte er immer eines dabei –, riss die Packung auf und ließ es über seine Länge gleiten.

„Beug dich über deinen Schreibtisch, Shea."

Sie leckte ihre Lippen und tat wie befohlen. Ihr Rock war zu lang, um ihn etwas sehen zu lassen, also trat er zurück und streichelte sein bereits steifes Glied.

„Schieb deinen Roch hoch. Zeig mir deine hübsche Muschi."

Sie griff mit den Armen nach hinten und hob ihren Rock bis zu den Hüften hoch, behielt dabei aber die ganze Zeit ihre Wange auf der Tischplatte. Verdammt, diese Frau wusste wirklich, was er wollte.

Nun hatte er freie Sicht auf ihren Arsch und ihre Spalte.

„Spreiz deine Beine ein bisschen, Baby. Ich will alles von dir sehen." Sie folgte seiner Anweisung, obwohl ihre Beine ein bisschen zitterten, aber sie sah hinreißend aus.

Ihr Arsch war rund und fest und weich genug, dass er sie immer gut fassen konnte, wenn er in sie hineinstieß. Ihre Muschi war von seiner Stimme allein feucht geworden und er konnte es nicht erwarten, seinen Schwanz in ihr zu versenken. Normalerweise würde er sie erst einmal lecken und es ganz langsam angehen, aber er musste sie sofort um sich herum spüren.

Er ging auf sie zu und legte eine Handfläche

auf ihren Arsch, bevor er ausholte und seine Hand hart runterkommen ließ.

„Shep."

„Verlass mich nie wieder. Denk nicht mal drüber nach. Nicht, wenn es wegen etwas Dummen ist wie eben gerade."

Sie nickte und er streichelte die Stelle, der er eben einen Klaps versetzt hatte. Sie spielten eigentlich nicht Hintern-Versohlen, aber so wie sie aufgekeucht hatte, würde das etwas sein, auf das sie sich in Zukunft freuen konnten.

Er tippte mit der Spitze seines Schwanzes auf ihre Schamlippen und sie seufzte, als sie versuchte, sich nach hinten zu drücken und mehr von ihm zu bekommen. Shep hielt sie am Platz. „Noch nicht, Shea. Überlass mir die Kontrolle."

„Alles, was du willst, Shep."

Gott, er liebte diese Frau.

Er brachte sich in die richtige Stellung und rammte dann mit einem Stoß in sie hinein.

Shea bäumte sich auf, während ihrer Kehle ein Schrei entsprang. Ihr Inneres zog sich zusammen, als sie kam.

„Gott, Shea. Du bist durch eine einzige Berührung gekommen. Du bist verdammt heiß, weißt du das?"

„Du bringst mich dazu, Shep. Fick mich. *Bitte*. Zeig mir, dass ich dir gehöre."

Gut, wenn sie es so wollte.

Er zog sich langsam zurück und stieß dann genauso schnell wie vorher in sie hinein. Er griff ihre Hüften und fickte sie so hart, stieß so schnell in sie hinein, wie er nur konnte. Ihm stand der Schweiß auf der Stirn, als er sich bemühte, nicht zu kommen.

Er wollte nicht, dass es zu Ende ging.

Nein, er wollte diesen Anblick von Shea, wie sie sich über ihren Schreibtisch beugte und sein Schwanz in ihr verschwand, auf immer in Erinnerung behalten.

Seine Hoden zogen sich zusammen und er fluchte, bevor er sich aus ihr herauszog.

„Was?", fragte sie, aber dann drehte er sie schon auf den Rücken und rammte mit einem Stoß in sie hinein. „Oh!"

„Ich will dein Gesicht sehen, wenn ich komme." Er verschränkte seine Finger mit ihren, während seine andere Hand auf ihrem Arsch lag, um sie festzuhalten und Shea half ihm, als sie ihre Beine um seine Taille schlang.

Er stieß in sie hinein, als er sie überall küsste, wo er nur konnte. Sie trugen beide ihre Kleidung und er wusste, dass er sie ausziehen würde, sobald er konnte, um ihre Haut zu spüren.

Sein Schwanz pochte, zum Bersten bereit, und er nahm ihren Mund nochmal ein.

„Ich liebe dich, Shea."

„Ich liebe dich, Shep."

Er stieß ein letztes Mal in sie hinein, als sein Sperma in das Kondom schoss, während er ihren Namen gegen ihren Hals keuchte.

„Aller. Bester. Sex", brachte Shea schwer atmend heraus.

Shep grinste. „Ach, warte nur ab."

Epilog

„Es reibt sich die Haut mit der Lotion ein…"

Shep erstarrte, eine Hand auf Sheas Seite, die andere auf ihrem nackten Hintern, um sie festzuhalten. Er unterdrückte ein Schaudern und schloss seine Augen.

„Shea, Baby, hör auf, das jedes Mal zu sagen, wenn ich dein Tattoo eincreme."

Sie verdrehte ihren Oberkörper, damit sie sein Gesicht sehen konnte und dadurch kamen ihre Brüste näher an ihn heran, bevor er sich runterbeugte, um einen Nippel zu lecken.

Er konnte einfach nicht anders.

Shea stöhnte und wand sich in seinem Griff, aber er hielt ihren Arsch fest und klatschte heftig darauf. „Halt still."

„Du hast mir gerade auf den Hintern gehauen!"

„Und du zitierst jedes Mal diesen gruseligen Film, wenn ich dich mit der Lotion einreibe."

Sie schnaubte und schüttelte den Kopf. „Sorry. Es fällt mir einfach jedes Mal ein, wenn du mein Tattoo mit Gleitmittel einreibst."

„Hör auf, es Gleitmittel zu nennen. Wir mussten monatelang vorsichtig sein, damit du keine Schmerzen hast, wenn ich dich gefickt habe, also mach mich jetzt nicht geil."

Shea zog einen Schmollmund und Shep lachte. Oh ja, er liebte seine neue, verspielte Shea.

Klar, wenn nötig, konnte sie immer noch die Eisprinzessin sein, aber wenn sie nur zu zweit waren, dann war sie so weich wie Seide.

Und ganz und gar seine Frau.

Gemeinsam hatten sie Sheas Familienbande ein für alle Mal gebrochen. Ihre verdammte Mutter hatte keine Ahnung gehabt, mit wem sie sich da anlegen wollte. Die Montgomerys und die Leute von Midnight Ink waren unbeugsam. Mit einigen wenigen Telefongesprächen hatten sie genug schmutzige Informationen über Herr und Frau Little gesammelt, um sie für immer darunter zu vergraben. Es war erstaunlich, was Geld für Drogen und das Verlangen nach kleinen Perversionen — Perversionen, die innerhalb des gesetzlichen Rahmens lagen — aus einer Familie machen konnten, die stolz auf ihren Sittsamkeit war.

Was anscheinend nur für die Presse vorgetäuscht wurde…

Shep hatte sich jedoch entschieden, dies nicht öffentlich zu machen. Um nichts in der Welt wollte er Shea wehtun, wenn er ihre Eltern kaltstellte. Die Leute vom Midnight hatten sie erpresst. Ja, Shea wusste alles bis ins letzte Detail, auch wenn sie es hasste, aber nichts davon würde ihr schaden können.

Die Littles hatten nachgegeben und Shea war entkommen.

Sie war frei, sie selbst zu sein. Sie hatte die Freiheit, mit ihm zusammen zu sein und ihr Tattoo zu bekommen

Shep strich mit seiner Hand über das Werk, für das sie zwei sehr lange Sitzungen benötigt hatten. Shea war sehr tapfer gewesen und war nur einige wenige Male zusammengezuckt, bevor sie sich dem Rhythmus der Nadel überließ.

Oh ja, er liebte diese Frau wirklich verdammt sehr.

Mit seinen Fingern fuhr er über den blühenden

Kirschbaum, der ihre gesamte rechte Seite bedeckte und lächelte. Ein Ast bog sich unter ihrer Brust und er wusste, dass das wahnsinnig wehgetan hatte, auch wenn sie nicht geklagt hatte. Ein weiterer Ast bog sich über ihre Schulter und schaute unter ihren Klamotten hervor. Die Äste und Zweige des Baumes verschlungen sich um den Baumstamm auf zu ihre Hüfte, reichten über ihren unteren Rücken und hörten direkt über ihrem Hintern auf.

Das war ernsthaft das beste Werk, das er je erschaffen hatte.

Jede Blüte war zartrosa, weiß und perfekt schattiert.

Die Kirschblüte symbolisierte das Ende des Winters, einer schwierigen Zeit oder einer anstrengenden Reise. Sie hatten sich für den blühenden Kirschbaum entschieden, weil sie sich geändert hatte und wegen der Art, wie sie ihr Leben führen wollte.

Frei.

Sie blühte ohne den Einfluss ihrer Familie auf und so war es mehr als passend, dass er dies für sie geschaffen hatte.

Das Tattoo war perfekt wegen der Schnitzereien im Baumstamm. Er hatte sich nicht für die normale Füllung und Schattierung entschieden, er fügte skizzierte Markierungen hinzu, die ihnen etwas bedeuteten. Es gab in bestimmten Bereichen auch noch Platz für weitere Ereignisse, die möglicherweise noch kämen.

Direkt auf ihrem Brustkorb befand sich das keltische Zeichen für Freude. Er erinnerte sich an ihr Lachen, ihr Lächeln und ihre reine Freude bei ihrem ersten Date, als sie den Bands beim Spielen zugehört hatten.

Ein weiteres keltisches Zeichen stand für Mut. Shea war mit ihm über einen Friedhof gerannt, kopfüber in seine Welt gesprungen und hatte sie für ihn schöner gemacht. Sie hatte eins der größten Tattoos, die er je gestochen hatte, und das gleich bei ihrem allerersten Tattoo, denn so war sie nun einmal.

Das letzte Zeichen stand für Freiheit. Es war leicht gewesen, dieses Zeichen für Shea auszuwählen. Sie war endlich frei, auch wenn ihre Freiheit bedeutete, dass er nun zu ihr gehörte.

Aber dagegen hatte sie absolut nichts einzuwenden.

Er legte eine Hand auf ihre Seite und schaute auf sie hinunter. „Ich liebe dich, Shea.“

„Ich liebe dich auch, Shep, obwohl ich doch noch mehr lieben würde, wenn du endlich mal zur

Sache kommen könntest, wie du es die ganze Zeit geplant hast. Ich bin jetzt immerhin vollständig geheilt."

Er warf seinen Kopf in den Nacken und lachte.

„Psst. Ich wollte dich etwas fragen. Hör auf, mir ständig einen Steifen zu bescheren." Er sah auf seinen Schwanz hinunter. „Oder einen Steiferen."

Shea prustete und setzte sich auf, wobei ihre Brüste auf und nieder wippten.

Er liebte es.

„Was ist los?"

Er nahm ihr Gesicht in seine Hände, als sein Herz raste. Er holte tief Atem und wagte es einfach. „Ich will für immer mit dir zusammen sein, Shea. Für immer. Heirate mich. Lass uns viele Babys miteinander machen. Du und ich."

Sheas Augen wurden groß, bevor sie ihre Arme um seinen Hals warf und ihre Lippen auf seine drückte. Shep drängte sich an sie und zog sie näher zu sich heran.

Er rutschte wieder etwas zurück. „Ist das ein Ja? Ich weiß, wir sind erst seit ein paar Monaten zusammen, aber…"

„Halt die Klappe. Natürlich ist das ein Ja!"

Shep strahlte vor Freude. „Verdammt, ja! Du

gehörst mir, und bald wirst du Frau Montgomery sein."

Shea leckte ihre Lippen. „Shea Montgomery… Ich liebe es."

„Nicht so sehr, wie ich dich liebe."

Sie strich mit einer Hand durch sein Haar. „Ich liebe es, wenn du kitschige Sachen sagst, mein heißer, tätowierter, bärtiger Mann."

Er beugte sich vor und rieb seine Stoppeln über ihre Wange. „Nur für dich, Shea. Nur für dich."

Shea hatte ihm alles gegeben.

Seine Zukunft.

Sein Glück.

Seine Inspiration.

Jetzt hatte er ein ganzes Leben lang Zeit, um ihr seine Dankbarkeit zu zeigen.

AUSTIN IST die Hauptfigur im ersten Roman der Montgomery Ink Reihe: Delicate Ink – Tattoos und Überraschungen

Eine Nachricht von Carrie Ann

Vielen Dank, dass du **INK INSPIRED - Tattoos und Inspiration** gelesen hast.

Die Montgomery Ink Reihe ist eine fortlaufende Serie. Ich hoffe, du findest Gelegenheit, alle Bücher zu lesen.

Wenn du immer wissen willst, was ich als Nächstes veröffentliche, kannst du meinen Newsletter abonnieren auf www.CarrieAnnRyan.com; folge mir auf Twitter unter @CarrieAnnRyan, oder werde Fan meiner Facebook-Seite. Ich habe auch einen Facebook Fan Club, wo wir über wissenswerte Details sprechen, einfach nur plaudern oder es noch andere tolle Sachen gibt. Meine Leser sind der Grund, weshalb ich das tun kann, was ich tue, und ich danke jeden einzelnen dafür.

Du kannst dich auf meine EMAIL-LISTE setzen lassen, damit du weißt, wann das nächste Buch herauskommt und wenn es Gewinnspiele und KOSTENLOSE GESCHICHTEN gibt.

Viel Spaß beim Lesen!

Ink Inspired - Tattoos und Inspiration (Buch 0.5)

Delicate Ink – Tattoos und Überraschungen (Buch 1)

Tempting Boundaries – Tattoos und Grenzen (Buch 2)

Harder than Words – Tattoos und harte Worte (Buch 3)

Biografie

Carrie Ann Ryan ist eine *New York Times* und USA Today Bestsellerautorin moderner und übersinnlicher Liebesromane. Außerdem schreibt sie Literatur für junge Erwachsene. Ihre Arbeit umfasst die »Montgomery Ink Reihe«, »Redwood Pack«, »Fractured Connections« und die »Elements of Five«-Reihe. Weltweit hat sie über vier Millionen Bücher verkauft.

Sie hat bereits während ihres Chemiestudiums mit dem Schreiben begonnen und hat seitdem nicht mehr aufgehört. Inzwischen hat Carrie Ann mehr als fünfundsiebzig Romane und Novellen fertiggestellt – und ein Ende ist nicht in Sicht. Carrie Ann wurde in Deutschland geboren und hat schon überall auf der Welt gelebt. Wenn sie sich nicht gerade in ihrer emotionalen und aktionsgeladenen Welt verliert, liest sie gern, während sie sich um ihr Katzenrudel kümmert, das mehr Anhänger hat als sie selbst.

Falls ihr über neue bücher oder rabattaktionen auf dem laufenden bleiben wollt, könnt ihr euch gerne für Carrie Ann's newsletter anmelden.

Besuchen Sie Carrie Ann im Netz!

carrieannryan.com/country/germany/

www.facebook.com/CarrieAnnRyandeutsch/

twitter.com/CarrieAnnRyan

www.instagram.com/carrieannryanauthor/

Bücher von Carrie Ann Ryan

Montgomery Ink Reihe:
Ink Inspired - Tattoos und Inspiration (Buch 0.5)
Delicate Ink – Tattoos und Überraschungen
(Buch 1)
Tempting Boundaries – Tattoos und Grenzen
(Buch 2)
Harder than Words – Tattoos und harte Worte
(Buch 3)

Und auch die folgenden Bücher von Carrie Ann Ryan werden in Kürze auf Deutsch erhältlich sein:

Aus der »Montgomery Ink Reihe«:
Written in Ink (Buch 4)

Ink Enduring (Buch 5)

Ink Exposed (Buch 6)

Inked Expressions (Buch 7)

Inked Memories (Buch 8)

Fallen Ink (Buch 9)

Restless Ink (Buch 10)

Jagged Ink (Buch 11)

Wrapped in Ink (Buch 12)

Sated in Ink (Buch 13)

Embraced in Ink (Buch 14)

Seduced in Ink (Buch 15)

Inked Persuasion (Buch 16)

Inked Obsession (Buch 17)